Illustration :
Ryou Mizukane

セシル文庫

上司と婚約 Try

～男系大家族物語22～

日向唯稀

イラストレーション／みずかねりょう

上司と婚約Try～男系大家族物語22～◆目次

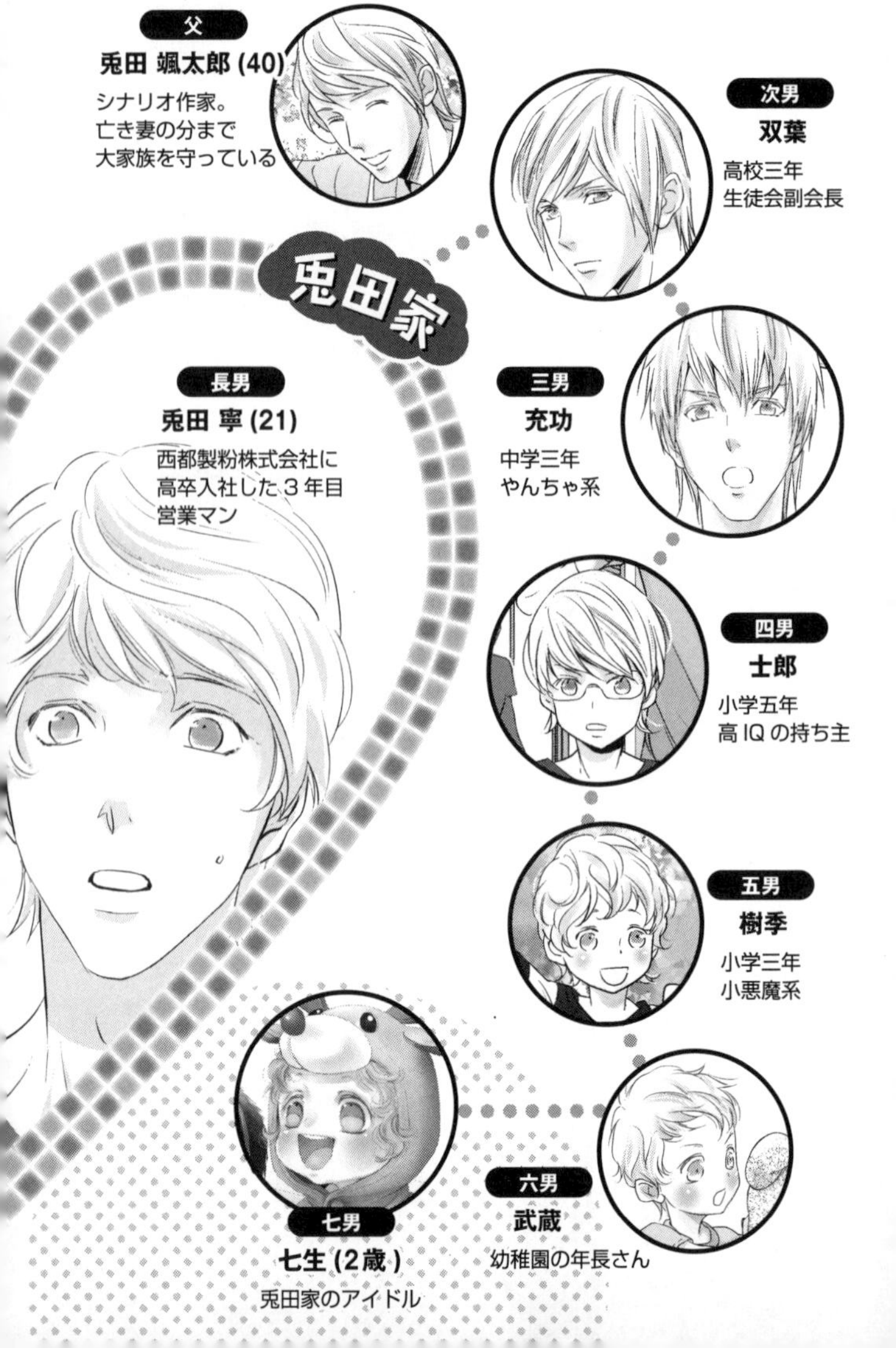
兎田家
父
兎田 颯太郎 (40)
シナリオ作家。
亡き妻の分まで
大家族を守っている
長男
兎田 寧 (21)
西都製粉株式会社に
高卒入社した３年目
営業マン
次男
双葉
高校三年
生徒会副会長
三男
充功
中学三年
やんちゃ系
四男
士郎
小学五年
高 IQ の持ち主
五男
樹季
小学三年
小悪魔系
六男
武蔵
幼稚園の年長さん
七男
七生 (2歳)
兎田家のアイドル

男系大家族 兎田家と それを取り巻く人々

獅子倉
カンザス支社の
業務部部長
鷲塚
寧の同期入社。
企画開発部所属
隼坂
双葉の同級生。
風紀委員長
鷹崎 貴 (31)
西都製粉株式会社の
営業部長。
姪のきららを
引き取っている
エリザベス
兎田家の隣家の犬。
実はオス
エイト&ナイト
エリザベスの子供
鷹崎きらら
幼稚園の年長さん
貴の姪
エンジェル
きららの飼い猫

上司と婚約 Try

～男系大家族物語22～

プロローグ

それは青空が広がる快晴の下。

俺は庭で山ほどある洗濯物を干していた。

右には父さん、左には鷹崎《たかさき》部長がいて、

「今日は良く乾きそうですね」

「本当に。気持ちがいい天気ですね」

なんて話しながら、七生《ななお》の服から自分たち大人の服までずらっと並べて干している。

中でも紅一点、きららちゃんのフリルの着いた可愛い洋服がすごく目立つな——なんて思っていたら、次に手にした七生の着ぐるみが滅茶苦茶可愛いカメさんだった。

七生は、いったいいつまでこういうのを喜んで着てくれるかな？

樹季《いつき》はまだ着てくれるけど、お兄ちゃんとして弟に付き合ってます感がなんとなく出てきているから、やっぱり心から楽しんでくれるのは武蔵《むさし》くらいまでなのかな？

けど、大人サイズまでお揃いでもらったら、まだまだ充功《みつぐ》や双葉《ふたば》も一緒になってノリノリで着てくれるから、ようは状況次第なのかな？

そもそも士郎《しろう》なんて、何歳の時でも着ぐるみではしゃいだことはなかったし、クールだった気がする。

やっぱり、こういうのも性格だし、個性が出るんだろう。

——なんて考えていた。

すると、

「あらあら、まるで洋品店ね」

「本当じゃの！　小さいのから大きいのまで。けど、こうしてみると、七生も大きくなったんじゃの」

「そうね。ちょっと前までは、赤ちゃん赤ちゃんしたツナギとかが多かったのに。今では、武蔵くんのお洋服って言われても、わからないわね」

俺たちの様子を隣家のサンルームから見ていた亀山《かめやま》のおじいちゃんとおばあちゃんが、ニコニコしながら話しかけてきた。

「ですよね〜。俺もびっくりしちゃいます」

これに俺も笑顔で応える。

しかも、裏の鷲塚《わしづか》さん宅の広々とした敷地では、ちびっ子たちとエリザベスたちが遊んでいて――。

「準備はいい？　エリザベス！　エルマー!!」

「エイト、ナイト、テンもいいか？」

「えーっ。エンジェルちゃんもボール取りするの？　そしたら、投げるよ！　せーの！」

「えいちゃ！　そーれっ！」

樹季と武蔵ときららちゃん、そして七生がゴムボールを投げると、六匹が一斉に走って取りに行く。

エリザベスたちはわかるけど、エンジェルちゃんまで一緒になってボールを取りに走ったのを見て、俺は「ええっ⁉」と仰天《ぎょうてん》だ。

しかし、ボールに追いついたところで、エンジェルちゃんはそのままじゃれ始めて、ひっくり返ってしまった。

ちゃんとボールを咥《くわ》えて樹季たちのところへ戻ったエリザベスたちのことはまったく気にしていない。自分の興味のままに遊んでいる。

――だよね！

これはこれで可愛いというか、猫様らしさをちゃんと維持していて安心したというか。

俺は声を上げて笑い出しそうになる。

——と、ここでリビングの掃《は》き出し窓が開いた。

「寧兄《ひとし》！　バーベキューの用意ができたけど、よく考えたら洗濯物への臭い移りとか平気かな？」

「風向き的には大丈夫だと思うけど、裏山の野犬たちには酷《こく》かもね」

声をかけてきたのは双葉で、答えていたのは士郎だ。

その背後には隼坂《はやさか》くんもいる。

「そうしたら、ログハウスの囲炉裏《いろり》を使ったらいいよ。表もいいけど、後片付けのことまで考えたら、中のほうが楽だろうし」

「あ！　それいい!!　ってか、囲炉裏飯《めし》とか超最高！」

そこへ準備を手伝ってくれていた鷲塚さん、そして充功が加わって。

今日のランチは、鷲塚さん家のログハウスで囲炉裏バーベキューに決まったようだ。

——なんて贅沢な！

「ってことで、寧。先に火入れや準備をしておくから、手が空いたら向こうに集合で！　あ、おじいちゃん、おばあちゃん。お手すきなら、一緒に準備がてら、こっちへ」

そうして鷲塚さんが、弟たちを誘導し、おじいちゃんたちのことも誘ってくれた。

「おうおう。ありがとう！　今日も楽しいランチになりそうじゃな」

「うちの冷蔵庫からも、お肉や魚介《ぎょかい》を持って行かなきゃ！　あ、おじいさんは、お菓子をお願いしますね」

二人ともニコニコにウキウキまで加わったようで、特におばあちゃんは大張り切りだ。

こんな様子を見ているだけでも、俺は自然と笑みが浮かぶし、そこは父さんや鷹崎部長も同じみたいだ。

「幸せですね」

ふと、鷹崎部長がそう言った。

「ええ」

父さんがキラキラな笑顔で返す。

俺は、こんな二人に挟まれて、いっそう「幸せってこういうことなのかな？」って実感した。

この場に母さんや、きららちゃんの両親がいたら、もっと楽しいのかもしれない。

でも、こればかりは言っても始まらないので、せめて空を見上げて心の中で呟く。

——母さん。きららちゃんのお父さん、お母さん。

俺たちはみんな幸せです。

今日も元気いっぱいで、みんな笑顔です。

だからどうか安心してください。

そしてこれからも、ずっと俺たちのことを見守ってくださいね――って。

＊　＊　＊

四月の最週末のことだった。

高卒で入社して三年目の俺こと兎田寧《とだ》は、金曜の夜から婚約者であり、上司でもある鷹崎貴《たかし》部長のマンションへ泊まっていた。

（なんだか、すごく幸せな夢を見た気がする――）

昨夜は俺が、入社時からお世話になっている営業先の月見山《やまなし》パンさんを部を挙げて接待。

おそらく、どこからか酔いが回っていたんだろうとは思うが、ここへ来たときには鷹崎部長に甘えまくりの絡みまくりだったような気がする。

なぜなら深い眠りから目覚め始めると、次第に身体がだるさや節々《ふしぶし》の痛み、特に股関節《こかんせつ》への鈍痛《どんつう》を感じ始めたからね。

これまでの経験からいっても、大体の想像が付く。

きっと俺が「部長、大好き！」「愛してる!!」って、ヘラヘラしまくって。

さりげなくすごいことを言われても、されても、かえってテンションが上がっちゃうようなやばい状態になっていた。

そして、そういう弾《はじ》けているときの俺が好きらしい鷹崎部長が、ここぞとばかりに——というパターンだろう。

わかっているなら聞くことないのに！

けど、飲み会の記憶が途中からない俺からすると、酔っ払ってわからなくなっている間に、自分が余計なことを言ったり、やったりしていないか？　と、不安になる。

それで、大体翌朝には確認してしまうんだけど——。

「ところで、鷹崎部長。その……、昨夜の俺は……」

今朝は、鷹崎部長の愛車バイブラントレッドのフェアレディZの中での質問だ。

つい先ほど——、

〝ひとちゃん！　すごいよ、おっきな電車来た！　ピカピカの電車！〟

〝パパ！　パパ!!　お家の裏に、お家が来た！　お家が走って来たっっっ！〟

〝バウバウ！〟

〝パウパウ〟

〝寧くん！　みっちゃんが送ったメール見て！　鷲塚さんのパパが、すごいの持ってきたよっ！　とにかく見て！〟

〝ひっちゃーっ！　きっパーっ！　きゃ～っっっっ〟

すごい内容の電話や画像をもらって、急いで我が家へ向かうことになったからだ。

ちなみに、きららちゃんは昨日のうちに父さんが、車で学校帰りの双葉と隼坂くんを拾いつつ、幼稚園まで迎えに行って、自宅へ連れ帰ってくれている。

もちろん、エンジェルちゃんも一緒だ。

だからこそ、俺も安心しきって、羽目《はめ》を外《はず》したんだけど。

鷹崎部長だって、朝日の中でこんなことを聞かれても、困るだけだろうに――。

「ん？　昨夜か？　ああ、激しかったぞ」

「え!?」

――違った！

全然困っていなかった。

むしろ不安そうな俺をチラリと見ながらニヤリと笑っている。

ちょうど信号待ちだったのもあり、余裕しゃくしゃくだ。

こういうときの鷹崎部長は、きららちゃんのパパというよりも、結婚したいナンバーワン上司を地で行くような、今が旬《しゅん》の成熟した男性だ。

持って生まれた魅力を自身でも磨《みが》きに磨いて今があるのだろうが、見た目草食系な俺とは、あまりに真逆なルックスすぎて、時々同性として羨《うらや》ましくなる。

ハンドルを握る手も、指先も。

姿勢も、横顔も、首筋も――視線も何もかも。

男らしくて、それでいて艶《つや》やかで、カッコよすぎて――ずるい！

きっと自分がまったく他部署の人間で、社内ですれ違う程度でも、

〝世の中には、そのままテレビに出ていそうな人が、意外と近くにいるものなんだな〟

――なんて思って、見かけるたびに自然とため息のひとつ、ふたつは漏らしていそうだ。

そう考えたら、俺は鷹崎部長が直属の上司でなくても、結局は惹《ひ》かれていたのかな？

出会いさえしたら、一目惚れ？

（うわっ！　馬鹿。自分で自分を追い込んでどうするよ！）

朝から頭が沸騰《ふっとう》しそうだった。

何がどうしたら、こんなに好きってことになっちゃうんだろうか？

俺は自分でも恥ずかしくなって、鷹崎部長から視線を逸らした。

（――なのに、幸せだなんて）

なんてことないはずの街の景色が、眩《まぶ》しく見えるのは気のせいかな？

それとも一日晴天を予感させる青空のせい？

目の前には、まるで夢に見たような快晴が広がる。

「それは、少し盛ってませんか？」

俺は唇を尖らせた。

「どうだろうな？」

「——もう。鷹崎部長ってば。俺の記憶が曖昧《あいまい》なのをいいことに」

「曖昧なら、多少は覚えているんだろう。そうしたら、その記憶の何十倍かって想像をしたら、見当が付かないか？」

「そんなの激しすぎてわかりません！」

「それは——。いったい、どんな程度の記憶なのか、俺のほうが聞きたいな。くくっ」

「——もう！」

鷹崎部長はクスクス笑うばかりだ。

絶対に、あの笑顔もキメ顔の一つだって、わかってやっているに違いない！

信号が青に変わり、自然と彼の視線も前を向く。

ギアチェンジをするその手をチラッと見るだけで、俺の胸はキュンと高鳴る。

間違いなく今朝も俺は恋をしている。

それも重症だ。せっかくの休みだっていうのに、熱が出そうだ。

(帰宅するまでに、どうにかしなきゃ！)

俺は両手で頬を軽く二、三度叩いた。

都心を抜けて都下へ移動する車から見える景色は、やっぱりビルや車で溢れているのに、キラキラして見える。

ただ、視線を上げたことで、バックミラー越しにきららちゃんのチャイルドシートを見たからだろうか？

俺は勝手に火照《ほて》って、ドキドキしていたものが少しだけ落ち着いた。

四人乗りのフェアレディZとはいえ、後部席にチャイルドシートは、相変わらず目が醒める。

絵に描いたような独身貴族に見える鷹崎部長が、瞬時にきららちゃんのパパだと認識する。

だからだろうか？　俺も自然と意識が変わった。

「曖昧な記憶の話はできませんけど、なんとなく見た夢の話ならできます」

「夢？」

「はい。多分、最近明確になってきたリノベーションの話や、いきなり家守《やもり》社長が裏を購入してしまったせいだとは思いますけど」

俺は今朝見た夢の話を鷹崎部長にした。

青空の下で、父さんや鷹崎部長と洗濯物を干したこと。

それをおじいちゃんとおばあちゃんが笑顔で見ていたこと。

裏の敷地では、ちびっ子たちとエリザベスたちがボールで遊んでいたこと。

そこへ鷲塚さんと双葉たちが囲炉裏バーベキューの準備をしてくれたこと。

思い出しただけでも、なんて幸せな光景なんだろうと思うことを話していった。

何もかもがキラキラしていて、笑顔が溢れる最高の夢だったことを――。

すると、これを聞いていた鷹崎部長も、嬉しそうに微笑んだ。

「それは、目に浮かぶような光景だな。普通に考えたら、大分無茶な設定が入っているはずなのに」

「ですよね」

つい先ほどのニヤリやクスクスとは違って、穏やかで落ち着きのある、でもその分頼り甲斐《がい》さえ感じる大人の微笑だ。

（――あ、どのみち駄目だ！　やっぱりキュンキュンしてくる）

少しは落ち着けたと思ったのに、俺の胸はまた高鳴り始めた。

どこからともなく「鷹崎部長、貴さん、大好き！」が溢れ出して、止まらない。

というか、結局止めようとも思っていないよな――俺！

「でも、俺たちはその夢を、これから少しずつ現実にしていくんだ」

けど、そんな俺に鷹崎部長は言った。

運転中だから、本当にちらっと俺を見ただけだったけど、その目はやる気に満ちていたと思う。

「力を合わせて、一緒にな」

「はい！」

みんなで一緒に和気藹々《わきあいあい》。

最初にきららちゃんとちびっ子たちが描いた夢は、今では俺たち全員の夢だ。

鷹崎家と亀山家と兎田家。

そして今では鷲塚家も？

俺は力強く返事をすると、両手に握りこぶしを作っていた。

ずっとみんなが一緒に、そして笑顔でいられるように頑張るぞ！

この夢は絶対に現実にするぞ！　って。

1

週末の土曜ということもあり、都心から都下へ向かう高速道路は少し混んでいた。

移動中、いつになくじれったく、そわそわしたのは、起き抜けからちびっ子たちからの電話や充功からのメール画像があったからだろう。

最寄りのインターを降りて、自宅へ向かう道では、きっと鷹崎部長も俺と同じ気持ちだったに違いない。何せ、俺は一言も発していないのに、普段なら素通りしている家の裏側を、ゆっくり走行してくれたからね。

でも、武蔵たちの言う「ピカピカな電車」は、まさにその通りだった。

「うわっ。本当にピカピカ。ステンレス製とかに見えますね。しかも、角が丸いからかな？　ピカピカなバスっていうよりも、やっぱり電車っぽく見えますね。それも特別車両みたいな、宇宙船っぽくも見える。画像で見るより実物のほうが迫力倍増です」

「――本当にな」

うちと隣家を合わせたスペース分があるそこには、二階建ての高速バスぐらいのトレーラーハウスが設置されていた。

しかも、これが置かれたことで、家の庭から隣家の勝手口辺りまでが、道路側からはほとんど見えなくなっている。

「あのトレーラーハウスの位置は、わざとですかね？　確かにこれまでも垣根《かきね》があったので、まるごと見えることはなかったですけど。でも、士郎の背丈《せたけ》くらいだったので、ウッドデッキに洗濯物を干したらけっこう見えていたと思うのに、それもさらっと目隠しになっていそうな気がします」

「家守社長が設置したってところで、外からの見え方、兎田家の日照権《にっしょうけん》、あとは庭に立ったときに圧迫感がないかまで、すべて計算尽くという気がするけどな」

「確かに」

そうして一区画をぐるりと回ってから、自宅に到着。

鷹崎部長が車を駐車スペースへ入れている間に、エンジン音を聞きつけたのかな？

俺たちが車を降りたところで、玄関扉が開いた。

「あ！　やっぱり。ひとちゃんときららパパが帰ってきた！」

サンダルをつっかけて、顔を出した武蔵が声を上げる。

「パパ！　ウリエル様！　お帰りなさい!!」

「みゃん」

「パウパウ」

「パウ」

早速武蔵に手を引かれて中へ入ると、きららちゃんにエンジェルちゃん、エイトにナイトが上機嫌で迎えてくれた。

「ひっちゃ〜っ！　おっか〜っ！　だっこ〜っ」

そして七生は上がり框《かまち》から俺に両手を伸ばして、抱っこを催促《さいそく》してくる。

今日もお尻をフリフリ、「ふへへ〜っ」と、甘ったれた笑顔を全開だ。

俺は靴を脱ぐと同時に七生を抱き上げる。

一晩会わないだけで恋しくなるのはいつものことだ。

「ただいま〜っ」

俺は七生の柔らかい頬に自分の頬をすり寄せ、機嫌がさらによくなった七生からほっぺにチュウをしてもらう。

「ひっちゃ〜っ。だいだいよ〜っ」

(くぅぅうっ。可愛い！　あ、鷹崎部長が苦笑してる？)

背後に立つ鷹崎部長が、いろんな意味で気にかけてくれているのがわかる。

けど、肩越しに七生が手を振って見せると、すかさずそれに応えてくれていた。

「きっぱ、おっか～」

「ただいま。七生くん」

鷹崎部長が挨拶がてら掌を翳《かざ》すと、七生が小さな手でペンと叩いて、タッチをする。

（お！）

以前なら、見よう見まねだけでやっていた気のする、挨拶行為。

けど、今は七生なりに理解してやっている気がする。

これも成長の証《あかし》かな？

そうして俺たちが「ただいま～」「ただいま戻りました」とリビングダイニングへ入ると、待ってましたとばかりに樹季が声を上げた。

「寧くん、見てみて！　明日から、鷲塚さんのお父さんが、庭に扉を付けてくれるんだって！　でね、電車側をフェンスで囲んだら、いつでもエリザベスたちを走らせていいんだって！　庭から入って、僕らも一緒に遊んでいいんだって！」

武蔵たちと一緒に飛び出してこなかったのは、掃き出し窓のところで待機していたからみたいだ。

「お帰り、寧兄。鷹崎さん。いない間にゴールデンウイークの話とか進めてたよ」

「お帰り～っ。ごめーんっ！　昨夜さ、獅子倉《ししくら》さんとたまたまメールをしてたんだけど。再来週の運動会の話をしたら、必ず有休ぶっ込んで行くって言い出して――。ほら、土曜が俺で、日曜が武蔵と七生じゃん。どちらか片方でも悩むところだけど、二日続けてなら迷いなしだって返事が来てさ！」

キッチンでコーヒーを淹《い》れているのは双葉と充功。

二人とも樹季じゃないんだからって話っぷりなんだけど、ゴールデンウイークはともかく、獅子倉部長がなんだって!?

俺と鷹崎部長は思わず「え？」って顔を見合わせた。

「お疲れ様、寧。あ、鷹崎さん。きららちゃん、昨夜も今朝も、すごくお手伝いをしてくれたんですよ。七生の面倒を見てくれたり、お掃除やお洗濯を手伝ってくれたり。本当に助かりました」

「おはようございます。ちなみに父は今、おじいちゃんと将棋《しょうぎ》がてら、未来設計に花を咲かせてるんで。あと、午後から作業員さんも来るので、すごいことになるって予告をしておきます」

そこへ、今度はダイニングテーブルに着いていた父さんと鷲塚さん。

今朝はどうしたんだ？　ってくらい、みんな話をしてくる。

「お帰りなさい。寧兄さん。鷹崎さん」

「バウン」

こうなると、リビングで挨拶だけをしてきた士郎とエリザベスが、特別おとなしく見える。まあ、ここは樹季がはしゃぎすぎないように見張っていたようだけど――。

それにしても情報量が多い！

「――え？　ちょっと待って。頭が追いついていかない。とりあえず、樹季の話からいくと、空き地状態だった裏の敷地に囲いができて。なおかつ、うちの庭のフェンス？　垣根？　を取っ払って、扉が付けられて、出入り自由になるってこと？」

俺は樹季に手招きをされると、いったん七生を下ろしてリビングからウッドデッキへ出た。今度は自分の家からトレーラーハウスが置かれた裏地を見る。

（わ！　鷹崎部長が言ってた通りだ。今後、うちと隣家が繋がっても道路からはわからないだけじゃなく、垣根からほどよく距離を取っているから、見慣れた景色が変わったな――程度で、圧迫感もない上にこの分だと垣根を越えるほどの影もささない。むしろ、行き来ができる扉なんか付いたら、別宅感覚になるかもしれない？）

さすがに俺は日照権がどうなんてことは考えていなかったけど、家守《やもり》社長の目線に立った鷹崎部長の想像力はすごいなと思った。

全部当たってる！

「ね！　ね！　すごいでしょう、寧くん」

樹季が俺の右腕を取って、揺すった。

それにしても、大興奮だ。

そんな樹季を落ちつかせるように、士郎が「まあまあ」と肩をたたく。

「ようは、あそこのT字になっている三軒の中心部分に扉を付けることで、お互いに庭から自由に行き来ができるようにするってことみたい」

そして、三軒の境界線がある庭の隅を指さすと、家守社長の計画を説明し始める。

（――あ、話をしたいのは士郎も同じだったみたいだ。周りの勢いに推《お》されて、第一声で説明を始めるのは遠慮したのかも）

けど、これはこれで、なんだか可愛いぞ！

俺は改めて集中して耳を傾《かたむ》ける。

もちろん、鷹崎部長も一緒に――だ。

「ただ、裏の土地はこれまで空き地だったし、近所で来客用の駐車スペースにしていた家もあったり、たまに子供が遊んでいたりしたでしょう。だから、ここがすでに私有地《しゆうち》になったってわかるように、まずはトレーラーハウスを設置して、フェンスで囲って。ただ、これだと防犯上ちょっと心配かなってことで、警備会社のシステムを導入することで、三軒分の安全を見守るようにしてくれるんだって」

一度頭をリセットしたためか、なんとなく構図が浮かんできた。

確かに、言われるまでもなく、裏は長年空き地だった。

うちでも車での来客が多いときには、駐車させてもらったことがあるから、まずはご近所さんの認識を変えて——とか。しかも、リフォームの際には、必要な機材の搬入やトラックの置き場になるってことだから、確かに今のうちから〝ここは家守不動産が買い上げました〟みたいに周知されるほうがいいんだろうな。

でも、三家で行き来ができるってことは、それだけ防犯を意識する敷地も増える。

特に普段から家にいるおじいちゃん、おばあちゃん。そして父さんが気にすることになるだろうから、それで警備会社のシステム導入なんだろう。

というか、もともとうちも隣家もそういったシステムは入れてないから、防犯意識は低くないまでも、高くはなかったんだろうけど——。

「——そう。いろいろすごいね。行き届いているというか、なんというか。想定外のことになっている」

俺は、この話だけでも、ため息が出そうだった。

けど、この後には確実にゴールデンウイークや獅子倉部長の話もあるんだから、ここは深呼吸かな。

（ふぅ～っ。それにしたって、獅子倉部長！　カンザス支社では、今からでも有休が取れるの？　土日の運動会目当てってことは、時差まで含めたら、確実に四連休か五連休にしないと往復できないよね？）

見れば鷹崎部長も似たような感じだ。

そして気持ちを落ち着けたところで、士郎の話の続きを聞く。

「うん。普通に考えたら、各スペースの門からお邪魔しますっていうのが、いいんだろうと思う。けど、家守社長のコンセプトが、いつでもエリザベス親子が行き来できて、運動不足にならない。そして、引率《いんそつ》が子供たちだけでも安心できるってことで、それなら三軒を敷地内で出入り自由にしてしまいましょう――ってことみたい。ここは住宅地だけど、車通りがないわけじゃないから、そのほうが安心だろうってことで」

「――ああ、そういうことか」

「もちろん、リフォーム後の行き来を楽にするのが一番の目的だと思うけどね。敷地内同居？　みたいな」

「なるほどな」

鷹崎部長も完成図的なものを想像しているのかな？

俺は春休みにみんなで行かせてもらった、家守不動産所有のグランピング場のお試し版みたいなことを考えていた。

最終的には三軒分を囲った大枠《おおわく》フェンスなり垣根があって、庭に多少の仕切りはあるものの四世帯が敷地内同居？　みたいな。

もちろん、ここは住宅地だから、グランピング場のような高めのフェンスはない。

でも、周りの家に合わせていったら、士郎から俺くらいの高さの垣根やフェンスで囲われて、そこに門が三つってことになるだろうからね。

――と、ここで鷲塚さんもウッドデッキに出てきた。

武蔵やきららちゃんも出てきたそうだけど、今だけは大事な話ってわかるのかな？　どさくさに飛び出してきそうな七生を引き留める側に回っている。

（――えらい!!）

けど、ナイトだけは無理みたいだ。

すでに四十キロ近いのかな？

すっかり大きくなっているのに、あどけない顔で鷲塚さんの隣にお座りをし、足にぴったりと寄り添っている。

今にも「かまって～っ」と聞こえてきそうなくらい甘ったれで可愛い。

「……すまない。これは完全に家の都合としか言い様がない。言い出した父親に、おじいちゃんや兎田さんが笑って賛成してくれたもんだから、一応俺は住宅地の境界線についてうんぬんってことは言ったんだけど。そもそもこれに関してはプロっていう親父の準備万端に太刀《たち》打《う》ちできるはずもなく――。ついでに言うなら、お前だってそのほうが嬉しいだろう。毎週末ナイトと遊びに来られて、ちびっ子たちとアウトドアし放題だろうと笑顔で言われて――、だよなって、結局賛成しちまった」

家守社長の行動力には、確かに俺たちも驚き続きだ。ただ、鷲塚さんの場合は身内が起こしている行動だから、余計に驚くだけでなく動揺も大きいんだろう。

「鷲塚さんってば」

「――ってことで、当分の間は俺がこのトレーラーハウスの管理人かつ週末住人になるから。これから、よろしく頼むな」

ここでお願いされると、なんだか俺も笑いがこみ上げてきた。

鷲塚さんの言わんとすることはわかるんだけど、

「はい。こちらこそ。でも、それって今と何が違うんですか？　鷲塚さんとナイトの寝場所が変わるだけだと思うんですが」

「ん？　まあ、あとは――ドッグランと俺たちの遊び小屋が増える、かな？」

「いえ、そういうことではなくて……、ぷっ」

俺の反応を見ていた鷹崎部長が、釣られたようにまた笑う。

「確かに、鷲塚自身の週末サイクルは、なんら変わらないからな」

俺が笑ってしまった意味を察したようだ。

（そう！　その通りです）

なのに鷲塚さんってば、さも〝はじめまして〟みたいな顔つきで言うから、なんだか可笑しくなってきて。

そりゃ「改めてよろしく」って意味なのは、わかっていたけどね。

「あ――。確かに！　それを言ったらおしまいですけど」

すると自分でも気づいたのか、鷲塚さんも釣られたように笑い出した。

照れ隠しに、足に寄り添うナイトを抱き上げる。

「フォローしてくださいよ。ここへ来て、親がこんな暴走をすると思わなかったんですから。しかも獅子倉部長なんか、運動会に有休どころじゃないんですよ。さっき、いきなり電話をしてきたと思ったら、〝俺がいつ帰国しても、住めるな！　いっそ俺がそのトレーラーハウスを借りるって手もあるよな？　俺までそっちに行ったら、むしろ会社に対しても、鷹崎と兎田のいいカモフラージュになるんじゃないか？〟とか言い出すし」

「獅子倉部長まで？」

「そうだよ。思わず、それなら俺が越してきたほうがナイトも喜ぶし、家賃もかかりませんって返しちまったよ」

驚く俺に、鷲塚さんは「やれやれだよ」と言ってから、ナイトに「な〜」と同意を求めていた。けど、いざ抱っこすると、やはり鷲塚さんの体格でも重いみたい。ナイトは喜んでいるけど、鷲塚さんの腕にものすごく力が入っているのがわかる。

「そうですか」

俺は相づちを打ちながら、獅子倉部長も相変わらず鷲塚さんには甘えているんだなと思った。

まあ、カンザスはサマータイムだと日本の十四時間遅れだから、いまさっき連絡がっていうなら十時頃としても、向こうは金曜の二十時だ。

連絡をするにはちょうどよかったのかもしれないし、きっと獅子倉部長も俺と同じ画像を充功から送られたんだろうしな――って。

「そりゃ、いずれは生前贈与で土地家屋の持ち主だもんな。固定資産税と維持費が家賃代わりになるんだろうが。くっくっくっ……っ」

「だから、笑っている場合じゃないんですって。あっちでもこっちでも暴走される俺の身にもなってくださいよ」

「パウ」

「もう、本当。わかってくれるのはお前だけだよ、ナイト」

「くくくくくっ」

まあ、だとしても。鷲塚さんとしたら、父親だけでなく、獅子倉部長まで変なことを言い出すから、お手上げなんだろう。

特に獅子倉部長の場合は、冗談の範囲が本当にわからないから、余計に――。

(うん。普通なら、カンザスから運動会を見るためだけに来るって言う時点で、冗談だろうって思う。けど、獅子倉部長の場合は、仕事や健康上でよほどのことがない限り、今回も絶対に飛んでくるだろうからな。それに、この前の誕生会もスカイプ参加してもらっているから、そんなに遠くに住んでいる感覚がしないんだよな。それこそ会話の頻度が、得意先の担当さんたちと変わらないし)

俺は、また賑やかになるんだろうな――と想像しつつも、例年以上に五月の運動会が楽しみになってきた。

去年の運動会は、まだ鷹崎部長やきららちゃんが家へ来る前で、うちと隣家で見に行った。これでも十分賑やかだとは思うけど、今年はさらに――だ。

側にいたきららちゃんも、目をキラキラさせながら「武蔵や七くん、充功くんの運動会見るの、すっごく楽しみ～」って話をしている。

今年は武蔵の走りっぷりや七生のお遊戯《ゆうぎ》もさることながら、充功の演舞《えんぶ》のソーラン節など、我が家にとっては見所満載だ。選抜リレーの選出がどうなっているのかはわからないけど、俺としては充功の走りがまた見られたらなと思う。

去年のも最高だったからね！

――なんて思っていたら、当の充功も掃き出し窓のところまできて、心底からため息をついていた。

「今更だけど、稼ぐ大人って、やることがすげぇよな。行動が派手なのもあるけど、財布を開くのに迷いがないもんな」

「うん。俺たちも見習わないとな。確かに周りの大人は桁違《けたちが》いだなって感じるけど、実際のところ父さんや寧兄にしたって、ここってときに出費は惜しまない。常に必要なお金はちゃんと蓄《たくわ》えてる。どんなに兄弟が多くても、食《く》うに困ったことはないし、周りにも恵まれている。普通に考えても、十分贅沢をさせてもらってるしな」

双葉は大真面目に答えていたけど、これを聞いた俺は嬉しかったし、鼻も高かった。

確かに、俺たちは兄弟が多いというだけでも、周りの人が気にかけてくれる。

それは父さん側の親族から受ける恩恵だけでなく、お隣のおばあちゃんたちも含めて、ご近所さんたちからもだ。

これらは決して当たり前のことではない。

あくまでも相手の善意があってこそだ。

感謝の気持ちを忘れたら、そこで愛想を尽かされても不思議はない。

俺自身も、ずっとそう思ってきたから、双葉も同じ気持ちでいてくれることが嬉しいし、これに同意して「だな〜」って言った充功に対しても嬉しく感じた。

「鷲塚さ〜ん。そろそろ寧くんたちも、ピカピカ電車の中がみたいんじゃないかな？」

「ナイトたちも新しいおうちで遊びたいって！」

今はお強請《ねだ》り魔になっている樹季や武蔵だって、俺たちがこうした気持ちを持ち続ければ、受け継いでくれるだろう。

というか、樹季、武蔵、七生に関しては、日常的に士郎からたたき込まれているから、むしろ俺たちよりきっちりして育つかもしれないけどね。

「よしよし。いいぞ〜。せっかくだから、向こうで昼ご飯を作って食べようか。でもって、今夜は試しに泊まってみるか？」

「え！　いいの!!」

「そのために設置したようなものだからな。ただし、準備のお手伝いをよろしくな」

　普段から甘々な鷲塚さんにしても、こうして「お手伝い」という形で「ありがとう」を示すことを教えてくれる。

　代償《だいしょう》と言ったら聞こえが悪いけど、ただ甘やかすだけの人だったら、俺は間違いなく弟たちには近づけていなかっただろう。

「するする！　きららいっぱい、お手伝いする！」

「僕も！」

「やっちゃ〜！」

「わーいわーい！　ピカピカ電車でご飯にお泊まりだ！」

　これにはちびっ子たちも大喜びだし、大はしゃぎだ。

「待って。これから向こうで昼ご飯の準備は大変だから、とりあえずはうちにあるものを持参して食べて、そのあとは夕飯も含めて食材の買い物へ行くのはどう？」

　――と、ここで父さんもウッドデッキに出てきた。

　何も一家そろって――と思うが、この分だと声を聞きつけて、おばあちゃんが様子を見に来るのも時間の問題かな？

おじいちゃんは家守社長と将棋中だろうけど。

「え！　今日は買い物も行けるの！」

「それって、おやつも買える？」

「やっちゃ～っ！」

「そうしたらミカエル様！　電車でお昼ご飯を食べて、お買い物へ行って。帰ってきたら電車でご飯！　あ、お手伝いしながらご飯作りが先ね。やった～っ!!」

大人にとっては家事でしかない食材の買い出しも、ちびっ子たちにとってはお出かけだ。

うちの買い出しは基本が週一だから、いつの間にか特別になったのかもしれない。

すかさず「おやつ」と言った武蔵の目が、一層輝いている。

「そうしたら、まずはお手伝いチームを分けようか。鷲塚さんと一緒にトレーラーハウスで準備するチームと、こちらで食事を準備するチーム」

「えーっ。どうしよう！　それ、すっごく悩むっ」

「俺も～」

「そうしたら、くじ引きにするのはどお？」

「なっちゃも～！」

そうして樹季は、お手伝いの振り分けさえもゲームにすり替えた。

その後は俺たちも昼食の支度を手伝い、ランチがてらトレーラーハウスの中を見せてもらった。

＊　＊　＊

よく見ると、トレーラーハウスは我が家の垣根までの距離も四メートルくらいは取ってあるので、ここに折りたたみのテーブルや椅子を置くと、キャンピングカー用のキャンプ場のほうから引っ越してきたみたいになる。

けっこう大きめのテントだって張れるし、ゆくゆくはトレーラーハウスの長さに合わせて、ウッドデッキを置いてもいいかな？　なんて、家守社長は言っていた。

それはもう、家なんじゃ!?　と、すかさず充功が突っ込んだくらいだ。

しかも、これが道路側やお隣さん（この場合、家守家の隣）からは見えないように、あとから物置を設置するとかなんとかで、とにかくすごい！

そして、トレーラーハウスの中も、画像で見たとおりの内装で、壁と床と天井がウッドパネルで統一されているので、ログハウスみたいだ。

車体の真ん中にある出入り口から前後で使い分けるように、前方側に寝室やバストイレ、後方側にＬＤＫといった具合だ。

実際に入ってみると、やっぱり二階建てのバスくらいの高さを一階分で使っているからか、背の高い鷲塚さんや鷹崎部長が行き来をしても、天井に頭がぶつかるなんてことがない。当然俺くらいなら余裕だ。

そして車体の真ん中側にあるキッチンは小型のＬ字型で、オール電化。二口《ふたくち》コンロに冷蔵庫、オーブンレンジがついている。

リビングダイニングには三方にソファベッドが置かれていて、折りたたみ式のテーブルを開くと、弟たちが小さいうちなら、みんなで食事ができる。

多分、家守社長が、大柄な鷲塚さんを基準に選んだんだろうけど、これはもうかなり豪華な１ＬＤＫのマンション並だ。

寝室にしても広いし、ロフトも付いている。ダブルベッドにソファベッドが置かれていて、その上にロフトベッドって考えると、大人でも五、六人は寝られる。

リビングダイニングのテーブルを片付けて、ソファベッド三台を広げて雑魚寝《ざこね》なら、ここでも五、六人はいけそうだ。

それこそ今なら、みんなで泊まれる。

双葉や充功なんて、

「これは――週末はキャンプ生活確定だな」

「ゴールデンウイークって、よそに行く必要ないんじゃね？」

真顔でこんなことを言い出すくらいだ。

もちろん、「それはそれで、お出かけはお出かけ！」なんて、樹季たちなら言うだろうけどね。

「本当に、ありがとうございます。家守社長」

「俺たちにだけでなく、子供達にまで、いろいろと気を遣っていただいて」

そうして、午後からの時間は買い物と夕飯の準備で、あっという間に過ぎていった。

俺や鷹崎部長が家守社長から、例のスケルトンリフォーム（最新の耐震性をプラスして、水回りの配管工事なども一緒にするタイプ）の話を直接聞いたのは、父さんや鷲塚さんが先導して、みんなが買い出しに行っている間だ。

隣家の和室にお邪魔し、おじいちゃん、おばあちゃんがいるところで、説明を受ける。

今日は家守社長夫人――鷲塚さんのお母さんも一緒だ。

「いいえ。私のほうこそ、ありがとうございます。お子さん達に、あんなに喜んでもらえて、笑顔をたくさん見せてもらって。嬉しい限りですよ」

「本当よね。普段から蓮太郎《れんたろう》が良くしてもらって、ナイトという鎹《かすがい》ができて。その上、お父さんはお仕事までさせていただいて――。何より、こうして皆さんの輪に入れてもらえて、幸せなのは私達のほうだわ」

聞けば、家守社長とおじいちゃんが将棋中は、おばあちゃんと一緒になって、エリザベスと弟たちの小さい頃の話で盛り上がっていたらしい。

出てきたアルバムに感動したり、はしゃいだり。うちの母さんの写真を見たときには、ちょっと涙ぐんだり――とか。

そして、次に来るときには、鷲塚さんの子供時代のアルバムを持ってきますね――なんて言って。年の差はあっても、女性同士の友人関係もいっそう深まったようだ。

これを聞いて、俺はさらに嬉しく思った。

今後のきららちゃんのことを考えると、やっぱりいろいろ聞ける女性が近くにいてくれるのは心強いからね！

「――では、施工期間は最低二ヶ月ということで」

「はい。ただ、こうした工期なので、先にこちら側の整備をさせていただき、トレーラーハウスとは別に、亀山《かめやま》さんたちが仮住まいなり、荷物置きなりにできるようなログキットハウスを建てる予定です。それで期間を五月の中旬からにしていただき、遅くとも夏休みに入る前には完了する予定にしていただいたので」

「――わしらの荷物や、身の置き場まで気遣ってもらって。感謝してもしきれんよ」

それにしても、家守社長の気遣いは本当にすごい。

このログキットハウス自体は、リフォームが終了したら、営業事務所に使うって話は前に聞いたけど。それと同時に、そもそも自社で販売しているログキットハウスのモデルルーム的な役割も果たしているんだろうから、商才がすごい！

けど、俺から見たら、すべてが商売ありきからの発想ではなく、むしろ「息子の友人やナイトのご実家に、どんなサービスができるだろうか」ってところから端《たん》を発しているんだろうなってわかるから、余計に感動するし、尊敬もしてしまうんだろう。

これに関しては、今朝鷹崎部長ともドライブがてら話をしてきた。

営業マンとして見習いたいところだな――って。

自社の利益は確かに大事だし、優先するべきことだ。

でも、それが得意先の利益を考えた結果、相乗効果で自社の利益にもなったなら、一番理想的な形だ。

さすがに今の俺には、まだまだ難しい話だ。

けど、どんなときでも、相手ありきの仕事だってことだけは、決して忘れずにいなきゃって、再認識できたからね。

「俺は勝手に、リフォーム期間は荷物をレンタル倉庫に預けて、おじいちゃんたちには俺の部屋で過ごしてもらえばいいのかな？　とか考えてたけど。目の前に置かせてもらうほうが、便利だし安心だよね」

それでも俺は、自分なりにおじいちゃんやおばあちゃんたちのことは考えていた。

俺の和室には必要最低限の荷物しか置いていないし、二ヶ月くらいなら子供部屋に寝泊まりすればいいだろうから――って。

「そうなのか？　俺は、せっかくだし、施工期間はうちのマンションに住んでもらって――と、思ってたんだが」

すると、そこは鷹崎部長も同じだった。

「それはそれでいいですね！」

俺は自然と前のめりになった。

麻布《あざぶ》のマンション暮らしなんて、なかなかできるものじゃない。

それに、鷹崎部長のところは閑静《かんせい》な住宅街だけど、近くに〝自然力《しぜんりょく》〟っていうスーパーマーケットもあるから、買い物には不自由しないだろうし、病院や普通に暮らす上で必要な施設も充実している。

最寄りの地下鉄駅にも徒歩の距離だ。

何より、鷹崎部長ときららちゃんとの四人と三匹暮らしなんて、今後ずっと一緒に暮らすことを考えたら、いい機会なのかもしれないし。

「まあまあ、まあまあ。寧ちゃんも鷹崎さんも、なんて優しいの」

「本当に。でも、せっかくですから、ログハウスを拠点に、お泊まり生活もいいかもしれないですよ。家にもお迎えできるお部屋がありますし、ゆっくり東京観光や旅をするいい機会かもしれませんよ」

すると、ここに鷲塚さんのお母さんまで、賛同してきた。

確かに持ち家ならぬ、一棟まるごと持っているマンションの最上階フロアに住んでいるから、客間はたくさんあるんだろう。

もともとお母さん側の両親と家守社長の両親を呼んで、ワンフロアを三世帯で分けて生活していたところだし。プールにドッグラン付きのスペースまであるくらいだから！

「そうね。けど、七生ちゃんたちやエリザベス、エイトと離れるのは、きっと無理だと思うの。なので、どこに寝泊まりするにしても、みんなの近くか一緒がいいわ」

すると、ここでおばあちゃんから本音が出た。

けど、これには誰も驚かない。

むしろ、俺や鷹崎部長は笑ってしまいそうになり、口元を手で押さえたほどだ。

「それでしたら、三軒のどこへ行っても叶いますよ」

「まあ、そうだわ。でも、それを言ったら逆にログハウス生活は、このときしかできないのよね？　私たちがお借りしていれば、いつでも七生ちゃんたちが遊びに来られるわ」

どうやら、おばあちゃんの中で、間借《まが》り中のヴィジョンがまとまったようだ。

――まあ、こうなるよね！

「おばあちゃんは自分がどうより、七生たちの行き来が最優先なんだね！　本当、いつもありがとう、おばあちゃん」

俺は、目に浮かぶような間借り生活に、いっそう笑顔になっていたと思う。

トレーラーハウスもそうだけど、このログキットハウスも、前に行った住宅展示場でいくつか見てきているから、七生たちがはしゃいで出入りするのが目に浮かんだんだ。

というか、本当に贅沢だよ！

身近に遊び場がたくさんあるとかではなく、こうして常に自分たちのことを考えてくれる人たちがいるってことが――。

「いやいや。これこそ、わしらのわがままじゃて。けど、寧や鷹崎さん、家守さんにまで〝家《うち》へ〟と言ってもらって、本当にわしらは幸せものじゃよ。今どき、邪魔にされる年寄りの方が多いだろうに」

「そんなことあるわけないじゃないですか！　あ、でも確かに。おじいちゃんたちがログハウスに仮住まいしてくれたら、俺たちも一緒になって入り浸れちゃうかも」

おじいちゃんやおばあちゃんにとっては、俺も七生も大差がない孫扱いってことはわかっている。

なので、ここは俺からも大いに甘えてみることにした。

「おうおう、そうじゃの！　そうしたら、お言葉に甘えて、間借りさせてもらおう。週末ごとに、みんなであちらこちらに泊まるのだけでも、きっと楽しいじゃろうからな」

「うん。ありがとう、おじいちゃん！」

あまりに俺の思い通りの反応が返ってきているからか、ここでも鷹崎部長は終始肩をふるわせていた。

でも、今では鷹崎部長のこうした笑いが、俺の至福のバロメーターになりつつある。

（鷹崎部長。こういうときも貴さんでいいのかな）

大好きな人が心から笑っている。

俺は、それだけで幸せになれるから――。

こうしてリフォーム期間を、おじいちゃんやおばあちゃん、エリザベスやエイトがどうすごすのかってことも、大体決まった。

「バウン」

「「パウ」」

そこへ、ちょうど買い物に出かけていた父さんたちが帰宅したのかな？

車の音を聞きつけたところで、ダイニングで寛《くつろ》いでいたエリザベスたちが立ち上がった。

そして、親子そろって玄関へ走って行くと、ピンポーンとインターホンが鳴る。

「ただいま〜。今、帰りました〜っ」

第一声を上げたのは、鷲塚さん。

誰が見ても、ここの家の孫にしか思えない。

「寧くん！　お肉とかお野菜とか、いっぱい買ってきたよ！　夜は串焼きのバーベキューにするんだって！」

次に樹季が嬉しそうに声を上げる。

きっと串に刺される野菜のことは忘れているんだろうな――。

もしくは、自分の分はお肉しか刺さない気満々なのかも？

そんな声を聞きながら、俺やおばあちゃんも玄関へ出る。

「ひとちゃん！　ドラゴンソードのカードチョコ買ってもらった！」

「パパ！　きららはニャンニャンの！」

「ばーばー！　なっちゃもよ～」

父さんたちは、車から荷物を運んでいるところかな？

武蔵ときららちゃんと七生が、買ってもらったオマケ付きのお菓子を両手で掲げて嬉しそうに報告をしてくる。

「まあ～。よかったわね」

これだけで、おばあちゃんは満面の笑みだ。

そして、それは俺や鷲塚さんも。

何より樹季や武蔵、きららちゃんや七生もだった。


その後、家守夫妻は帰宅した。

なので、夜はこの場に残った全員で串焼きバーベキューをすることになった。

せっかくだからキャンプムード満載でってしたかったけど、時間が時間だ。

どんなに気をつけていても、はしゃいで声が大きくなることはあるだろうから、ここは話し合った結果、先に自宅のオーブンである程度の量を焼いて持参。あとはトレーラーハウスのキッチンとホットプレートで補充焼きをしながら食べることになった。

それでもみんなで仕込みから準備したのは、とても楽しかった。

さすがにエリザベス親子まで合わせた総勢十三人と四匹でトレーラーハウスのＬＤＫに入るのはギュウギュウな印象だった。

けど、樹季から七生は、まだ二人で一人分くらいのスペースで済むし、キッチン側に補助椅子を置いたら、なんだか長卓のこたつにみんなで入っているような距離感で、こういうのもいいなって思えた。

うちだとリビング・ダイニングで二組に離れて座る感じだけど、ここだと本当にみんなで寄り添ってる感じ？

話も近いし、これが冬ならもっと和気藹々になりそうな予感がした。

さすがに「夏は無理そうだな」「そこまでクーラーを効かせられないだろうしね」「俺たちはいいけど、エリザベスたちが暑いもんな」なんて話も出たけどね。

「ちょっと場所が変わっただけなのに、すごいレジャー感！」

「本当だよ。自宅とは全く違う作りってだけでなく、このグランピング感がすごいよな。うちの裏とは思えない」

そうして一通りの食事が済むと、俺たちはそのまま談話タイムへ突入した。

この時点で父さんは仕事へ、おじいちゃんとおばあちゃんも自宅へ戻り、車内には十人と四匹になった。

今夜は双葉もまったりしており、充功もトレーラーハウスを満喫《まんきつ》している。

ちびっ子たちはすでに席から離れて、エリザベスたちとキッチン側から寝室に行ったり来たりをくり返していたけど、これだけで楽しそうだった。

でも、その気持ちは俺にもわかる！

この人数分の作業をするってなったら、確かに小型のキッチンでは大変なんだけど、その普段とは違う大変さまで含めたところがレジャー感に繋がっているんだ。

視界に入る景色もさることながら、ちょっと海外ドラマに出てくるようなデザインのキッチンっていうのも、目新しくて浮かれる要素なんだろう。

俺は幾度となくみんなから、「こっちに来て座りなよ」「場所を変わるよ」って言われたけど、自主的にキッチン前に置いた補助椅子に座っていた。

我ながら、主夫感覚が染みついているなと思う。

ちなみにメインテーブルのほうは、ずっと鷲塚さんと鷹崎部長が仕切ってくれていて、今はホットプレートを綺麗にしてくれている。

「――あ、そうか。これって双葉くんや充功くんにとっては、いい気分転換に使えるかもな。勉強するにしても、ちょっと食事をするにしても。合鍵を置いていくから、いつでも使って」

「さすがに主《あるじ》不在の時は――」

「というか、ここに鷲塚さんやナイトがいるから、キャンプ感があるんであって。自分たちだけで借りても、多分レジャー感にはならないと思う」

俺は、お湯を沸かしがてら、コーヒーを淹れる準備を進める。

テーブルが近いから、ちゃんと話も聞こえて、参加もできている。

うん！　楽しい!!

今は鷲塚さんと双葉、充功で盛り上がっているところだ。

「そうか？　それって俺とナイトがレジャーって印象ってこと？」

「今のところは、週末にしか会っていない親戚感覚だったからね。けど、これからは敷地内別居のお兄さん？　気がついたら引っ越してきてそうだから！」

「いやいや。獅子倉さんがモー美ちゃん親子と住んでる可能性も捨てきれない！」

「さすがにモー美ちゃん親子は無理だろう！　牛だし！　カンザス在住だし！」

「でも、イメージできるところが……。くくっ」

気がついたら、話題が獅子倉部長になっているところが、すごいなと思う。

しかも、先日送られてきたカンザスでの写真が、よっぽど印象的だったんだろう。

モー美ちゃん親子が、双葉や充功の中では、すでに獅子倉部長のペットになっている。

――と、寝室のほうから、樹季がやってくる。

「寧くん。向こうで七生たちがエイトとナイト、エンジェルちゃんと一緒に寝ちゃったんだけど。夜はこのままお泊まりだから、布団掛ければいいかな?」

「どれどれ」

俺はお湯を沸かしていたコンロを止めて、樹季と一緒に寝室へと移動する。

すると、エリザベスが見守りに徹しているダブルベッドの上には、武蔵と七生ときららちゃん、そこにエイトとナイト、エンジェルちゃんが混ざって、ぐっすり眠っていた。

頭の位置をベッドヘッドでなく、壁側に向けているからか、ししゃもみたいに綺麗に横に並んでいる。

「本当だ。今日はお手伝いもいっぱいしたから、疲れたんだろうね」

「さっき、歯磨きもさせたよ」

「そうなんだ。ありがとう。そうしたら、このまま寝かせよう」

「うん!」

俺は予備の上掛けを取って、みんなにかけていく。

そして、そのままソファベッドをセットし、樹季や士郎がいつでも横になれるようにした。ロフトベッドには充功や双葉が寝てみたい――なんて言っていたから、俺と鷹崎部長と鷲塚さんは、リビングのソファベッドに寝れば収まりもいい。

――などと思っていたときだ。

「寧くん」

「ん？」

「僕、すっごく楽しい。嬉しい」

樹季が俺に抱きついて、ぎゅっとしてきた。

「そっか〜。俺もだよ」

なんだか俺も嬉しくなって、ぎゅっと抱き返す。

すると、歯磨きを終えたのかな？　士郎が入ってきて、抱き合う俺たちをじっと見ていた。

「あ！　僕、甘えてないからねっ」

慌てて樹季が離れた。

――え？

「……え!?　別にいいんじゃない？　そこは」

ここは俺も士郎と同感だ。

士郎は、何を今更？　と言いたげに困惑している。

まあ、樹季としては三年生になったし、今回初めて学級副委員長さんにもなったから、これまでと違った〝お兄ちゃん感〟みたいなのが起こっているんだろう。

けど、俺としては、まだまだ甘えて欲しいから――。

「ん？　そうなの？」

「ねぇ。寧兄さん」

「そうだよ。それに士郎だって、まだまだ甘えるよね」

俺は、この際だから士郎の肩を抱き寄せて、二人まとめてぎゅっとした。

「え？　それは……っ」

「バウン」

これには士郎のほうが恥ずかしがってしまったが、ベッド脇にいたエリザベスが「俺も」と寄ってきたので、俺たちは寝室の出入り口付近でべったりくっつくことになった。

「あーあー。何してるんだかな」

廊下の幅が狭いとはいえ、この様子はリビングからも見えたようだ。

充功がぼやいたのをきっかけに、双葉たちまで俺たちのことを覗き見してきた。

「遠慮しないで、充功も混ざれば？」

「双葉こそ」

俺たちのことをからかってきた割には、二人だって小突き合ったりして、いちゃいちゃじゃないか！

――と、少なくとも俺の目には、そう見えた。

けど、鷲塚さんや鷹崎部長からしたら、「何してるんだ、この兄弟は」と呆れている。

まあ、もう慣れているだろうけどね！

「相変わらずだな～。見てるだけで〝ごちそうさま〟って気分になる。ね、鷹崎部長」

「――そうだな。けど〝おかわり〟って気分にもなるな」

そうでもなかった？

鷲塚さんは普通に「仲がいいんだから」って感じで笑っていたし、鷹崎部長は驚きの「おかわり」発言をした。

これには側で聞いていた双葉や充功も驚いていたのが見える。

しかも、それを聞いた鷲塚さんが、急にスマートフォンを出してきて、俺たちの写真を撮り始めた。

それこそ俺たちだけでなく、肩を寄せ合っていた双葉や充功のこともだ。

「そう言われるとそうですね。せっかくだから、獅子倉部長にも共有しときましょう」

理由は簡単だった。

「――鷲塚は。それだから、あいつに懐かれるんだよ」

多分この鷹崎部長の意見には、俺だけでなく双葉たちも同感だろう。

士郎なんて、思わず吹き出していたくらいだしね。

「まあ、性分ってことで」

それでも鷲塚さんは、スマートフォンを操作し、この場で俺たちの写真を獅子倉部長に送っているようだった。

俺はそうした姿も含めてリビングのほうを見つめながら、

(本当に、楽しくて幸せだ)

今一度、樹季や士郎をぎゅっと抱きしめた。

「バウン」

さすがにエリザベスにまでは手が回らなかったけど、そこは士郎と樹季が手を伸ばして、

「よしよし」と撫でてくれていた。

2

思いがけないところでグランピングを楽しんだ翌日の日曜日。

俺は掃除や洗濯といった家事を父さんたちに任せると、今週分の惣菜《そうざい》作りと自家製ミールキット作りに励《はげ》んだ。

野菜や肉、魚を切り分けてストックするだけでも、日々の食事作りが楽になるし、鷹崎部長やきららちゃんとも同じ食事ができる。

――といいたいところだけど、この週末から火曜まで、きららちゃんは家にいる。

だから今回は、ひとまず鷹崎部長に食べてもらう分を取り分けた。

今年は飛び石連休なので、水曜から金曜までマンションへ戻って、そこから次の火曜まで再び我が家で過ごす予定だ。

それならずっと家にいればいいのに――なんて武蔵が言っていたけど。

きららちゃんとしては、夏には引っ越すことが決まっているから、それまではなるべく幼稚園を休まないようにしたいってことだった。

園のお友達のこともあるし、六月には運動会もある。

運動だけでなく、ダンスなんかもあるらしいから、そういった練習を休みたくないのもあるようだ。

なんにしても、しっかりしている。

俺が今のきららちゃんの頃なんて、すでに「ふた、可愛い！」で、休めるものなら休んで、ずっと双葉と遊んでいたと思うのに！

（あ――。フェンスの取り付け工事が始まったのかな？）

そして、裏の家守家？　鷲塚家？　では、朝のうちに四トントラック二台で到着した家守社長直々《じきじき》の選抜チームだという職人さんたちが工事を始めていた。

その前には、家守社長やおじいちゃんが、鷲塚さんと共に周辺の家に手土産《てみやげ》持参で挨拶に回っている。

そこで、まずは裏の土地を家守不動産が購入したのでフェンスで囲う工事を始めること、しばらくは鷲塚さんが週末にトレーラーハウスに通うこと。

また、順を追ってログキットハウスを敷地内に建てたり、その後に亀山家のリフォームを手がけたりといった予定があることを書面にまとめて、説明がてら渡していったそうだ。

すると、そこは何度も町内会長をしているようなおじいちゃんの同伴だ。

ご近所さんは、

「まあ、素敵！　大事な家のことだけに、信頼できるお身内がやってくれるのは、心強いわよね」

――などと言って、どこも快《こころよ》く了解してくれたようだ。

ようは、鷲塚さんがおじいちゃんの親戚の子だという思い込みは、すでに近所で定着していた。そのお父さんの会社となれば、家守社長自身がおじいちゃんの親戚だと思われたようだ。

それで、ここまで来たら、「そう思ってもらっても嘘ではないだろうから」って、全員で示し合わせて、そういうことにしたらしい。

鷲塚さんは「ナイトの実家だしな」って、笑っていたけどね。

（それにしても、実際にトラックや職人さんたちの出入りが始まると、リフォームするんだな――って実感が強くなってくる。おじいちゃん家にとりかかるのは、まだ先だけど。でも、来月の後半からって言ったら、あっという間だよな。そうでなくても、四月五月なんて、年度が替わって、忙しい忙しいって言っている間に、過ぎちゃうのに）

そうして俺の日曜の一日は、あっという間に過ぎていった。

ひとまず先に済ませたいという裏のフェンスや庭に出入り口を作る工事は、三日、四日あれば終わるらしい。

その先のログキットハウス作りは、ゴールデンウイークが明けてからになるようだが、なんにしても「始まったな!」って感じがした。

翌日、月曜日――。

俺はいつものように出勤すると、朝のコーヒータイムを鷲塚さんや境《さかい》さん、鷹崎部長と過ごした。

ランチタイムにも〝97企画〟関係の話で盛り上がり、今週もいいスタートが切れたと思う。

ここで、どうして先週の飲み会にいきなり境さんが参加していたのか？　という謎も解けたし。結局、いつも通り俺が調子よく酔っ払っていた結果だったとわかったので、謝り倒して、今後の飲み会は本当に気をつけるように誓った。

ただし、境さんからすると、

「いや、そこは直さなくていいよ。うっかり婚約者自慢に走るくらいなら、永遠に聞けるかどうかわからない三男以降の自慢話のほうが安心だ。俺だけでなく、鷲塚や鷹崎部長も心穏やかでいられるからな！」

――だそうで。

そう言われるとそうなんだけど、これには鷹崎部長も苦笑いを浮かべていた。

鷲塚さんにいたっては、「三男以降の自慢話」がツボだったみたいで、

「確かに！　いつかは聞いてみたいよな。せめて双葉くんの終わりから充功くんのところくらいまでは。というか、次こそ充功くんか、もしくは七生くんからスタートするように、周りが仕向けたら話すのかな？　俺もうっかりしていたけど、次にその場にいたら、誘導してみるよ。ここは鷹崎部長や境さんも居合わせたら、約束ってことで！」

ケラケラ笑って、鷹崎部長と境さんに約束を取り付けていた。

自分だって、ナイト可愛いを話し始めたら、絶対に俺みたいになるはずなのに！

手元に一匹しかいないから、そういうことを言うんだよ!!

そこは鷹崎部長もきららちゃんだけだし！

「それなら、今度は境さんの姪っ子ちゃん話を聞かせてくださいよ。絶対に俺みたいになりますから！」

そんなふうに反撃したら、

「ないない。確かに可愛いとは思うけど、叔父として個々のいいところを上げるくらいが限界だ。兎田みたいに、その子の赤ちゃんから全部を熱く語って、自慢できるほど、普段からの付き合いがない。俺が育てているわけでもないから、一人三分もかからないよ」

真顔で言われて、撃沈《げきちん》させられた。

しかも、ここは同じ叔父出身のパパだからかな？

鷹崎部長も「ちょっとわかる」と頷いていた。

どんなに姪っ子ラブでも、ここは一緒に育ってきた親・兄弟とは違って、情報量に差があるということだ。

それもそうだった！

「そろそろ時間だな」

「はい」

「そしたら、鷲塚。また報告できそうなことができたら、声かけよろしく」

「了解です！」

こうしてプライベート混じりの話もしたあと、俺は外回りへ出た。

（得意先のほとんどがカレンダー通りで助かるけど。今日行って明日休みってなると、一週間のリズムが狂わないように気をつけないとな。けど、それを言ったらみんな一緒だし。

何より今日の帰りは、鷹崎部長とドライブデートしながらの帰宅だ！　鷲塚さんもナイトを迎えに行ってから来るって言っていたし。うん！　これはこれで張り切らないと。せっかくの予定が、残業でなしになるのは切ないからな）

午後には、予定していた得意先三件を回った後に、月見山パンさんへアポを入れていたので、先日こちらまで足を運んでもらったお礼がてら立ち寄ることに。

接待も兼ねて、みんなで壮行会《そうこうかい》を行った月見山課長は、昨日のうちに日本を発って、次の研修先へ向かっていると聞いている。

そういえば、宴会でも話題に上がっていたが、どうして月見山さんには「山」があるのに「やまなし」なんですか？　名字も含めて「月見里」とは書かないんですよね？　ってことなんだが――。

そこは、明治維新後に当時のご先祖様が名字を届出たときに、間違えて登録したのが「月見山」で「やまなし」だったらしい。

社長が言うには、自信満々登録しに行ったので、撤回できずにそのままになった。

逆に同じ間違えをする者が現れなければ、国内で唯一無二の名字になるから、これはこれでいい！　で、突き通した結果、今にいたる――とのことだ。

正直言って、名字に関しては俺の「兎田」自体が珍しく、全国でも百人前後しかいないんじゃなかったかな？　っていう名字だったから。変わった読み方や字面《じづら》の人を見ても、特に不思議には感じないし、気にもならなかった。

それに小中学校ぐらいでは、一度は「うさぎだ？」「うさぎだ〜！」なんて言って、からかってくる子がいたから、この手の話は触れないに限るっていうのが、自然と身についていたのもある。

けど、月見山さんの場合は、「やまがあるのにやまなしなの？」という突っ込みは、小学校に上がると誰一人漏れなく聞かれて、いい思いはしていなかったそうで――。

今では社名にもなっているので、気にはしていないそうだが、課長の甥姪《おいめい》さんたちも、やはり同じことで苦労をしたようだ。

課長自身「ドキュンネームと呼ばれても不思議がない」と言っていたくらいだからね。

そして、月見山社長やその息子さんの専務さんが言うには、この読み方に関して一度も聞いてきたことがなかったのが、実は俺が初めてだったらしくて、そこが気に入っていたのもあるらしい。

俺からしたら「え？　そんな理由⁉　仕事内容じゃなくて⁉」って、これはこれでショックだったんだけど。社長たちからすると、これが「気配りのできるよい子だな」ってところに繋がったという。

こうなると、単にそこへ気を回さなかっただけ——とは言いづらい。

おまけに名刺を並べたときに、「月見山に兎田なんて、字面で情景が浮かぶな～」なんて話から、昨年ヒットしたちぎり型の〝秋限定のお月見あんパン〟が開発・発売されたというんだから、俺自身はただただ唖然《あぜん》だ。

ただし、これを聞いていた鷹崎部長や鷲塚さんは、滅茶苦茶真面目な顔で「きっかけはどこにあってもいい。大事なのは、どんなことからでもインスピレーションが湧くことだ」「そこに、売り物として再現できる技術力があるってことも、素晴らしいですよね」って言っていたので、すぐに俺も「そうか！」と納得したけどね。

なんにしても、インスピレーション云々《うんぬん》は、俺よりも父さんのほうが理解できそうな話だった。

（さて、着いた）

あれこれ思い出しながら移動するうちに、俺は北区《きたく》の隅田川《すみだがわ》沿いにある月見山パンさんの本社へ着いた。

本社の事務所は五階建ての雑居《ざっきょ》ビルになっていて、一階に事務所があり、二階も自社使用、三階から上はすべて貸している。

そして製造工場は事務所の裏手に建っていて、規模こそ大きくはないが、関東一帯のスーパーやコンビニエンスストアに品物を卸《おろ》している。

　昔ながらのパン屋さんといった馴染みのあるメーカーさんだ。

「失礼します。西都《せいと》製粉《せいふん》東京支社、第一営業部の兎田ですが。常務の山貝《やまがい》さんはいらっしゃいますでしょうか」

　事務所の入り口で声をかけると、すかさず事務員さんが席を立った。

「はい。お待ちしておりました。今、来客中なのですが、山貝からは、そのまま奥へお通しするように申し付かっております」

「ありがとうございます」

　奥まで案内してくれたのは、先日の飲み会にも来ていた二十代後半くらいの女性だった。

「先日はありがとうございました。とても楽しかったです」

「こちらこそ、楽しいひとときをありがとうございました」

「兎田さんの弟さんのお話、双葉くんでしたっけ。あれからみんなで、途中で時間切れになってしまって残念だったねって、言っていたんですよ。そうでなくても、あと五人いるはずなのにって」

　これまでなら無言で案内されていたようなちょっとした距離にもこうした会話が生まれるのは、やはり宴会効果だ。

ただし、話題になるのは、やっぱり同じみたいで——。

「それは、すみませんでした。ただ、あの話が出るのは、大概《たいがい》できあがっているときなので、実は次男の話さえ最後までしたことがないんです。部内でも、いつになったら三男の話が聞けるんだろうなっていうのが、もう飲み会時の笑い話になっていて」

俺は、二度三度頭を下げながら、お詫《わ》びをした。

でも、相手の女性はパッと笑顔になる。

多分、こういうところが境さんも言っていた「安心話」なんだろう。

確かに、よほど「兄弟」っていうワードや関係にいいイメージがないって人以外には、当たり障りのない話題だからね。

「そうだったんですね！　それはもう、強化合宿でもしないと、三男、四男くんの話さえ、聞かせてもらえないってことですね」

「かもしれません。誰かが、こうなったら部内で慰安旅行の計画を立てるか？　泊まり込みで聞くかって言ってたんですけど、俺からしたら〝それはもう慰安って言わないでしょう〟みたいなことで。本当、いつか誰かにアルハラならぬ、ブラハラだって訴えられるんじゃないかって、内心ヒヤヒヤしているんです」

それでも同じことを聞かされて笑っていられるのは、飲み会自体が年に何度もないからだろう。

俺自身が参加するような飲み会そのものも数えるほどだから成立している笑い話なのは確かだろうから、ここは本当に気をつけないと！

この事務員さんにしても、二度目はないかもしれないし――。

「そんなまさか！　というか、ブラハラだったら、すでにブラッドタイプハラスメントっていうのがありますよ」

「ブラッドタイプ？　ってことは、血液型でもあるんですか？　ハラスメントって」

自分への戒めのつもりで口にした「ブラハラ」だったのに、実はもうそういった言葉があるんだと知り、俺は驚いた。

「――みたいですね。たまにいるじゃないですか。血液型で性格を決めつける方。それを仕事がらみで持ち込むと、アウトってことでしょうね。山貝さんが常務になったときに、改めて勉強していたんですが、結局嫌がらせのつもりで発言したり、そうでなくても相手にそう思われたら、ハラスメントって定義になるみたいです」

説明されて、納得をする。

俺の周りには、血液型で性格判断をする人がいないけど、これはたまたまなのだろう。

逆を言えば、「長男だよね」とか「お兄ちゃんらしい性格だよね」なんていうブラザーズタイプでの判断をされることがあるし。

俺自身も鷹崎部長を見ていて「実は弟気質だな」なんて普通に思っていたから、こういうところから気をつけないといけないんだろう。

悪気がなくても、相手によっては嫌がる話かもしれない。

人間、どこに地雷が埋まっているかは、本当に踏んで爆発しないと気付けないって種類の事柄もあるからね。

「――それは、気をつけます」

俺は一層深く頭を下げた。

「兎田さん！　そもそも話を聞いただけで気をつけようって思う方は、ハラスメントなんてしませんよ。もちろん、そういう真面目なところが、好かれるんだと思いますけど。ちなみに私を含めた社の者たちも、兎田さんのことが大好きです。飲み会での様子を見て癒やされたり、和《なご》んだり。本当、社長たちなんて、デレデレでしたからね！」

さすがに頭を下げすぎたせいか、かえって事務員さんに気を遣わせてしまった。

それでもにっこり笑ってもらって、ホッとする。

けど、そんなときだった。

（ん？）

「すみませんでした」

「次からないように気をつけていただければ、それでいいですので」

「はい、それでは、失礼します」

山貝さんが作業着姿の——多分、俺と同じくらいの年頃の男性と一緒に、こちらへ歩いてきた。

茶髪にピアスってところで、パン工場勤務の人でないことはわかる。

作業着自体は、似たり寄ったりのを着ている人を見たことがあるけど、食品関係の製造工場に勤めるのにピアスはない。

万が一外《はず》れて、製品に混入なんてことになったら、個人の責任問題じゃ済まないからだ。

(頭上に荷物を掲げたカエルのエンブレム。カエル運送の社員さんか！)

会社のマークに気づいたところで、相手の人と目が合った。

おそらく先日の誤配送の件で改めて謝罪に来たか何かだろう。

俺は軽く会釈をした。

「あ、兎田くん。丁度いいところへ。こちらは先日のドライバーさん。改めて謝罪に来てくださったんだ。君、彼は西都製粉の営業担当さんだ」

山貝さんが間に入り、俺たちを紹介してくれた。

俺は彼の前に立ち止まると同時に、足下に荷物を置き、スーツの懐《ふところ》から名刺を取り出した。

両手で差し出す。

「初めまして。西都製粉東京支社の兎田と申します」

「カエル運送の蛙田《かえだ》です」

相手からも名刺を出されて、交換をする。

「もしかして、社長さんのお身内の方ですか?」

「はい。よりにもよって、社長の息子がこんなヘマをしてしまって、本当にすみませんでした」

会社概要を確認したときに、見た覚えのある名字だったので、聞いてみただけだったのだが、気に障《さわ》ったのだろうか?

やけにつっけんどんな答えだった。

しかも、とってつけたように謝られても、返答に困る。

誠心誠意謝罪をされても困るところなのに、何なんだよ、この無愛想さは!

そうでなくても、「こちらこそ」で謝罪を返すのは変な内容だ。

当日の対応自体も、人員不足とかでグダグダだったフォローをしたのは、工場のほうだし。うちからすると依頼した荷物を間違えてよそへ送られ、得意先の製造ラインを止めかねない迷惑をかけてしまった。

月見山パンさんに対しては加害者だが、カエル運送さんに対しては被害者の立場だ。

曖昧《あいまい》な返事で、ここをぶれさせるわけにはいかない。

かといって、俺の立場から「二度とないようにお願いします」みたいな注意をするのも違う気がする。

そもそも誤配送の件は、すでにカエル運送と出荷工場のほうで話が付いている。

特に、今回は工場長が直々に対応をしてくれているから、担当者とはいえ、一営業でしかない俺が出る幕ではないと思うから。

「ご丁寧に、ありがとうございます。ただ、この件に関しましては、すでに工場の者が話を終えていると思いますので、どうかお気遣いなく」

名刺をしまいつつも、俺には、そうとしか返せなかった。

再び鞄や荷物を手にするが、これが正しい返事になるのかどうかは判断が付かない。

ただ、山貝さんの手前もあるのだろうが、形だけでも頭を下げてもらったので、そこにはお礼を添えた。

一応、営業用スマイルと口調はキープしたと思うけど、内心では彼の態度に腹が立っている。

「それって、俺みたいなのに謝られても意味がない。文句の一つも出ないほど、どうでもいいってことですか？」

——と、ここで彼が吐き捨てるように呟いた。

「？」

「支社とは言え、国内屈指の大手企業で第一営業部。これって、花形部署にいるってことですもんね。そりゃ、そういう態度にもなりますよね」

最初、俺は何を言われているのか、よくわからなかった。

いったい彼の何が地雷で、どこで俺がそれを踏んだのか？

たった今、ハラスメントの話をしたばかりだったので、余計に気になった。

立場と言ったら変だけど、こちらが配送依頼をしている顧客側になる。だから、そこも踏まえて、クレーマーっぽくならないように、気を遣ったつもりだったのだが——。

「それでは、お時間を取らせてしまい、申し訳ありませんでした。今後はこのようなことがないよう、十分気をつけますので。引き続き、よろしくお願いします」

理解が追いつかないうちに、一方的に話を終えられ、さっさとその場を去られる。

「は!?」

二、三秒のちに俺の中で何かがプツンと切れた。
瞬時に切れなかったのは、それだけすぐには理解が追いつかなかったからだ。

「ちょっ――。すみません、山貝さん。五分だけ失礼します！」

「あ、ああ」

俺は山貝さんに断りを入れて、すぐに蛙田さんのあとを追った。

一体何が原因で、ここまでの態度を取られなければいけないのか？

仮に逆ギレか八つ当たりだったとしても、そのきっかけなり、原因がなんなのかがわからなければ、俺のモヤモヤが晴れない！

「待ってください、蛙田さん。蛙田さん!!」

俺は足早にビルを出て、駐車場へ向かった蛙田さんを呼び止めた。

彼は配送用の四トントラックで来ており、扉に手をかけたところを、空いていた利き手で腕を掴む。

「すみません。俺の記憶に間違いがなければ、初対面だと思うのですが。何が気に入らなくて、こんな態度を取られるのか、説明していただけませんか？」

ちょっと強引だったかもしれないが、こうでもしなければ、話ができない。

彼は俺のほうを振り返ると、ふんっと鼻を鳴らす。

「俺は、会社同士で話が付いているだろうことで、必要以上の謝罪をうけるのは申し訳ないと思い、お気遣いなくと言いました。それが気に障ったというなら、どう言えばよかったのでしょう」

俺は単刀直入に彼に聞いた。

「あんたみたいな苦労知らずな大卒エリートには、説明したところでわからないよ」

彼は胸元のポケットに手をやると、先ほど交換した俺の名刺を取り出した。

まるで答える気がない。

「――は？」

「だから、あんたみたいに綺麗なスーツを着て、大企業の花形部署にいて、上から目線で〝お気遣いなく〟なんて言えるような奴に。何をどう説明したところで、底辺にいる俺の惨《みじ》めな気持ちなんてわからないって言ってるんだよ！」

それどころか、渡した名刺を突き返すように、目の前でヒラヒラされた。

（このっ！）

さすがに俺も我慢の限界が来て、自分の名刺を引ったくるようにして返してもらった。

他のものならまだしも、名刺をこんな風に扱われたことには、自社まで馬鹿にされたようで我慢がならなかった。

そのまま握りしめて、懐へ戻すと、ここからは西都製粉の営業マンではなく、一個人に戻った兎田寧として言い返す。

「そう思うなら、一貫して謝罪だけしておけばいいだろう。勝手な想像で卑屈《ひくつ》になられたっていい迷惑だ！　ましてや自分が社長の息子だというなら、身の振り方一つで、会社の評判にも関わるって考えられないのかよ！」

「——!?」

すると蛙田さんは、あからさまに驚いた顔をした。

俺が言い返さないとでも思ったのだろう。

絶対に顔で判断されて、舐《な》められたんだろうけど、そうはいくか！

「だいたい、どういうつもりで自分を底辺だなんて言ったのかはわからないけど、制服を着ての言動には気をつけろよ。そういう発言が会社のイメージを悪くするし、真面目に働く親族や同僚の評判も下げるんだ」

俺は、いったん弾《はず》みが付くと、止まらなかった。

「それに、個人的に言うなら、俺はあなたが起こした失敗のために、月見山パンさんには平身低頭で謝罪をした。工場側にも配送のフォローをしてもらうために、すみませんもありがとうございますも言った。本当なら謝られてもいい立場だ。事後処理まで含めて、予定になかったことに時間も割いたんだ」

愚痴なのか説教なのかということを並べ立てた。

でも、結局は怒らなかったら卑屈になられたという、理不尽な目に遭ったので怒った。

終わりよければすべてよしで済むには済んだが、そのために変えた仕事の予定があったことは事実だ。

仕事である限り、頭を下げることも、予定が狂うことも、必要ならばいくらでもとは思う。けど、そのきっかけを作った、ミスを犯した本人に、こんな態度を取られる謂《いわ》れはないからだ。

「――で、怒ってみましたけど、これで満足ですか？　でも、仮にあなたが満足しても、俺個人は今、滅茶苦茶嫌な気分です。心のこもっていない、とってつけたような謝罪をされて。それでも会社の体面上笑って済ませようとしたら、それを卑屈に取られて、嫌味まで言われて」

そうして俺は言うだけ言うと、彼の腕を放して離れた。

蛙田さんは唖然とするばかりで、何も言い返してこない。

これくらいの反撃で黙るくらいなら、最初から喧嘩《けんか》を売らなきゃいいのに！

「あと、俺は高卒入社で大学へは行ってません。勝手な思い込みと決めつけで因縁《いんねん》を付けないでください。そもそも苦労なんて他人がはかるものじゃありません。なので俺には、あなたの苦労も惨めさも一ミクロンもわかりませんし、わかりたいとも思いませんから。以上です」

俺は鼻息荒く「ふんっ」で話を終えると、山貝さんの待つ事務所へ戻った。

（――やっちゃったよ）

ただ、いくら一個人に戻って返した文句の数々だったとはいえ、勤務中だし得意先だ。若干の反省が起こる。

けど、そっと胸に手を当てると、後悔はしないと決めた。

それくらい、あの名刺ヒラヒラが許せなかった。

何より作業着の胸に付けたエンブレムに対して、まったく責任を感じていない。その意味を考えてもいないだろう蛙田さんの態度に、腹が立って仕方がなかったから――。

＊　＊　＊

とはいえ――。

思いがけないところで、喧嘩を買ってしまったことは事実だ。

俺は、事務所へ戻ると、フロア奥の側面に設置されているソファブースのうちの一つに案内されて、腰を落ち着けた。

山貝さんには事情を説明し、もしも先方から何か言ってくることがあったら、自分のほうへ回してくれるように頼んだ。

そして、その三倍は謝罪し、結果としては豪快《ごうかい》に笑われた。

どちらかというと、「そりゃ、そうだよね」という状態だったからだ。

「実は、目の前で胸ぐらを掴まなかっただけ、兎田くんは紳士だな——と思いながら見ていたよ。かといって、このまま言われっぱなしで済ませるのか!? いいのか？ とは考えたから。追いかけて倍返ししてきたって言うなら、私も安心だよ。というか、彼は自己責任で喧嘩を買ってくれた兎田くんに、感謝するべきだと思うしね」

俺に出してくれた紅茶を勧めながら、山貝さんは彼なりの意見をくれた。

内容はともかく、山貝さん自身は、今日のことは俺と蛙田さんの個人的なこととして胸に納めてくれるようだ。

これはこれでありがたい。会社対会社で取られたら、大事《おおごと》になるだけだ。

喧嘩を売られた俺が心配するのも何だが、大元の原因といい、今日のことといい、きっかけはすべてカエル運送側だ。

場合によっては、配送会社の変更にもなりかねない。

そうなって困るのは、蛙田さんではない。カエル運送だからだ。

「さすがにそれは……」

それでも俺は、得意先でやってしまったことに関しては、一番反省するところだったので、山貝さんにフォローをされまくると、かえって申し訳なくなった。

――が、ここで気づく。

（怒ってもらえないと逆に困るというのは、こういう心理なんだろうか？）

だからといって、逆ギレするなよとは思うが――。

蛙田さんからすると、どんな暴言でも受ける覚悟で頭を下げたのに、俺が「お気遣いなく」なんて言ってきたから、想定外？　拍子抜けした？

それで、俺には怒る価値もないのかよ――みたいな思考になった？

けど、そんなの俺からしたら、発想も感情も斜め上過ぎる。

仮に、思うまでなら勝手にどうぞだけど、言動に出すのはどうなんだって話だ。

（いけない。いけない。落ち着け、俺。同い年くらいだと思ったけど、実はまだ十代なのかもしれないし。名刺はあっても、見習い中とか、アルバイトだったかもしれない。うん！　社会経験そのものがまだ乏《とぼ》しいから――。でも、あのタイミングでの逆ギレは、充功だってしないと思うんだけど？）

俺は、考えれば考えるほど、感情が荒立つのを落ち着けるように、置かれた紅茶をいただくことにした。

（蜂蜜柚《はちみつゆず》ティーだ）

それはほのかに甘くて爽やかで、優しい味がした。

けど、ここでは初めて出された。

（もしかして、さっきの事務のお姉さんの私物？）

俺がチラっとデスクのほうを見ると、「ファイト！」みたいなグッドサインをされてしまった。

（やっぱりだ！　滅茶苦茶気を遣われている。席を立つまでには、綺麗にリセットして、むしろ今後も弊社《へいしゃ》をよろしくお願いします！　って、笑顔で帰るようにしなきゃ）

背筋を正した俺を見て、いっそう山貝さんが笑う。

でも、さっきみたいな豪快なものではない。

たった今も俺の心情を見抜いているような、それでいて「そうそう。その調子！」みたいな、微笑《ほほえ》みだ。

そうして、自分もコーヒーを飲みながら、「だってね」と話を続ける。

「普通に考えて。ここで兎田くんが言われっぱなしのまま帰社して、実は――と上司に報告したら、即日契約を切られるまではないにしても、リーチはかかると思うんだよね。何せ、誤配送にしても今日のことにしても、兎田くんにはなんの落ち度もない。むしろ、自分の立場でできる限りのことをして、カエル運送にも気を配っていたのに、いきなり喧嘩を売られたわけだから。しかも、経営者の身内にだ」

「いや、でも――。それはそれで、これはこれという上司ですから。黙って帰社したとしても、最終的な判断は工場側に任せると思います」

「だったら、余計にだよ。工場長だって、本来なら営業部に迷惑はかけたくなかったはずだ。飲み会の時だって、鷹崎さんにだけは借りは作りたくなかったのにって、ぼやいていたからね」

山貝さんの話に、俺は「なるほど」と思わされた。

俺自身は反省しきりな言い返しだったが、カエル運送側からしたら、多少でもマイナスな印象が増えずに済むってことなのか――。

でも、これだって、この場にいたのが山貝さんだからだ。

中には一発アウトで交代を言ってくる取引先だっているだろう。

それこそ蛙田さんが自分の立場を一番理解しないといけないのは、この点だ。

社員やアルバイトがミスをするよりも、経営者の身内の失態《しったい》は、評価に関わるところが大きい。社長自《みずか》らが一緒に作業をしているような中小企業ならなおのことだ。

（それにしても、工場長！　取引先と親しくなるのはいいことだけど、鷹崎部長を話題にするのってどうなんだよ！）

「……それは、すみません。お得意様に聞かせるような愚痴ではないので」

俺はここでも頭を下げた。

でも、結局会社って、こういうものだと思うんだ。

俺が何かしでかせば、鷹崎部長たちが頭を下げるし、その逆だってしかりだ。

「そこは気にしないで。兎田くんに場を作ってもらったおかげで、工場長とも気さくに話ができるようになったってことだから」

「はい。ありがとうございます。そう言っていただけると助かります」

その後、俺は工事中の倉庫の状況や、当面の入荷量の再確認をしてから、月見山パンさんの事務所をあとにする。

帰る前には、「そういえば！」と言って、山貝さんがパン工場の石川《いしかわ》さんからの預かり物を渡してくれた。

石川さんは、先日、今現在のヒットシリーズ・ピタパンサンドをくれた職人さんだが、宴会のときにそのお礼として「お孫さんへ」って、父さんからもらった〃にゃんにゃんエンジェルズの非売品グッズ〃をプレゼントしたんだ。

そうしたら、ものすごく喜んでくれて。

また「そのお礼に」ってことで、袋いっぱいの焼きたてパンをもらってしまった。

しかも、これがメインじゃない！

三歳のお孫さんが「ありがとう」って、絵手紙を書いてくれたんだ。

俺も嬉しいけど、きっと父さんは何倍も嬉しいと思う。

俺は、十分お礼を言ってから、会社へ戻った。

本当に、今の俺があるのは、上司や同僚のお陰もあるが、こうした取引先の気遣いに育てられたからだと痛感した。


今日のことは、当然部内に戻ったところで、野原《のはら》係長や横山《よこやま》課長、鷹崎部長にも報告をした。

「申し訳ありませんでした」

「そこにいたのが、俺たちじゃなくてよかったな。間違いなく、山貝常務じゃないけど、胸ぐらを掴んでる」

返ってきたのは、山貝さんとほぼ同意見だった。

「野原。俺たちちって言うなよ」

「間違っていないと思いますけど、課長。少なくともこの場の四人の中では、兎田の沸点が一番高いと思います」

「くくっ。確かにな」

しかも、鷹崎部長の笑い付き。さすがに横山課長は、「管理職がこれじゃあ困るでしょう」って言いたげだったけど。

「鷹崎部長。そこは否定してもらわないと――。まあ、兎田と比べたら、やっぱり俺も沸点が低いかなってなりますけど」

最後はなぜか同意していた！

俺からしたら、「そこはもう、しょうがない」「了解した」って感じで、おとがめなしなのは助かったのかもしれないが――。

だからといって、課長たちが俺より沸点が低いっていうのは、どうなんだ？

確かに鷹崎部長は切れた瞬間にゴミ箱を蹴り倒すタイプだけどさ。

「まあ、何があったとしても、最終的には工場長の判断に任せるさ。カエル運送と直接やりとりをしているのは工場だ。契約ごととは別に、普段から俺たちではわからないような便宜《べんぎ》のはかり合いなんかもあるだろうからな」

それでも俺が予想したとおり、鷹崎部長はカエル運送がらみの話に関しては、すべて工場側の判断に任せると言っていた。

確かに普段からの付き合いは、実際現場にいる人にしかわからない。

逆を言えば、俺たちが直接やりとりしているところへ、他部署からの横やりでおかしなことになったら大事になる。

それは以前、第二営業部に勝手なことをされた経験があるから、俺でもわかることだ。

ただ、このとき鷹崎部長が蛙田さんの言動について、特にコメントもせずに工場側に対応を任せると言ったのには、他にも訳があって――。


「――嫉妬からの八つ当たり？　ですか」

多少の残業はあったものの、俺は退社後無事に鷹崎部長と合流することができた。

予定通り、今夜はドライブデートがてらの帰宅だ。

コンビニで買ったコーヒーを飲みながら、一緒に過ごせる一時間ちょっとが、俺には何よりのご褒美《ほうび》だ。

しかし、この車中で聞かされたのが、蛙田さんの話だった。

どうやら鷹崎部長は、飲み会の時かその前か？

工場長から、カエル運送の現状を少し聞かされていたらしい。

「境遇からの想像でしかないがな。ただ、兎田に対しての言動を聞くと、家の事情だったにしても、大学中退で家業に入ったことに、まだ心では踏ん切りがついていないんだろう」

「家の事情ですか？」

「年明けに蛙田社長が倒れられて、命に別状はないものの、現場復帰してドライバーというのが難しくなったそうだ。かといって、人員を増やせるほど経営に余裕があるわけでもないから、そこで息子が家業に入ることになったらしい」

又聞《またぎ》きなので、「らしい」ばかりになってしまうが、これればかりは仕方がない。

実際に関わった俺でも、蛙田さんのことに関しては、想像でしか話せないから――。

「それは、もともと大学を卒業したら、家業を継ぐ前提だったのが早まった――とかでは、きっとないんですよね？」

「そうだろうな。そのつもりがあるなら、中退にこだわることはあっても、エリートがどうこうと突っかかることはないだろうから」

「――ですよね」

それでも、いきなり意味不明な八つ当たりを食らった俺からすれば、かなりその意味というか、そこにいたる理由みたいなものが明らかになった。

だからといって、まったくすっきりしない話ではあるんだけど――。

双葉という大学受験生――それも目指せ医学部――を抱えるうちとしては、人ごとでない。

ましてや、双葉の大学費用を捻出《ねんしゅつ》するために、芸能界デビューするなんて言い出す充功もいるくらいだから、万が一にも家計が回らなくなったら、この先高校へ上がっても「中退して働く！」と言い出しかねないからだ。

もちろん、絶対にそんなことはさせないし、そのために蓄えてきた分もある。

母さんだって、こうしたことまで見据えて、貯金をしてくれていたし、きちんと生命保険にも入ってくれていた。

そんなものより、生きていて欲しかったけど、それくらい今時の学費は馬鹿にならないということだ。

でも、蛙田家だって、それなりに準備をしてきたから、蛙田さんも大学に進んだわけで――。

しかも、同じ自営業でも、従業員を抱えている会社では、いつ何が起こるかわからない。うちも父さんがフリーランスではあるけど、人を雇ってどうこうはないから、少なくとも他家の心配まではないし、責任もない。

何より、究極どうしようもないってなったら、父さんが一時的にでも、鎌倉《かまくら》の祖父母に助けを求めるだろうし。

今なら俺だって、鷹崎部長に土下座《どげざ》して協力してくださいも言うだろう。

双葉の進学のためなら――。

けど、蛙田家では、そういう当てもない状態だったんだろう。

せっかく入った大学を中退してまでって、本当に苦肉の策だろうから――。

「会社以上に一家の稼ぎ頭《がしら》が――となったら、家業がどうこう以前に、学費の面でも厳しいですよね。社長さんの病後を考えたら、いっとき休学して、家業を手伝えばどうにかなるってことではなかったでしょうし」

「そうだな。社長はすでに経営管理一本になっているし、ドライバーの抜けはドライバーでしか埋められないからな。ただ、そうした事情があるのと、寧に八つ当たりをしたのは別問題だ。おそらく向こうは、寧が同い年だとは考えていなかった。年より若く見えるだけで、大卒二年目か、三年目くらいだと思って突っかかったんだろうが――」

俺が想像できることなら、鷹崎部長だって想像ができる。

なんなら、もっと細かく――。

しかし、そうした上で、鷹崎部長は「それはそれでこれはこれだ」と言い切った。

そしてこれに関しては、俺も同意見だ。

ただ、自分が初対面でどう見られているのかだけは、うまく想像ができなかったけど。

「――若く見えるのに、鷲塚さんくらいに見えるんですか？　年上だと思うと、突っかかれるんですか？」

「あくまでも俺の予想だがな。本人が将来どういった方向へ進もうと考えていたのかはわからないが、今の寧の姿が理想だったのかもしれない」

「え？　俺がですか？」

鷹崎部長から説明されても、やっぱり自分のこととしては、想像ができなかったけど！

「ここは本人の思い込みが大きいだろうが、大卒で大手企業に入って、花形の営業部でバリバリ仕事をしていて。本当なら自分だってそうなるはずだったのに、どうしてこうなった？　ってところじゃないかと」

でも、これこそ名刺上のことだけ見たら、鷹崎部長が言うような肩書きというか、解釈になるのかな？

そう考えると、あそこでわざとらしく名刺をヒラヒラされたことにも繋がりそうだ。

「——ああ。十中八九、そんな感じかもしれないですね。確かに、西都製粉は大企業だし、営業が花形って思われる会社も多いのかもしれないし」

俺自身は、こうした肩書きで他人を羨んだり、嫉妬したりしたことは、おそらく一度もない。

たとえば、鷹崎部長を見てすごいな、憧れるな、嫉妬しちゃうところもあるな——とは思っても、僻《ひが》むことはない。ましてやそれで八つ当たりなんて——せいぜい「格好よくて、ずるいです」くらいのものだろう。

そう考えると、やっぱり俺自身がいろんな意味で恵まれてきたから、他人に悪意を覚えないというのはあるかもしれない。

あとは、そもそも悪感情を抱くような相手に関しては、見なかった、いなかったことにできるという特技もある。

そこに意識を持って行かれるほどの時間も暇がないというのが一番の理由だが——。

そう考えれば考えるほど、可愛い弟たちをかまって、世話して、幸せというこれまでの人生が、やっぱりラッキーの一言に尽きるのだろう。

それを優しく見守ってくれる人たちに囲まれていることが、何よりの——。

「だが、問題はそこじゃない。家業を継いだ自分を底辺だと口にしていることだ」

――と、ここで鷹崎部長の口調が少しきつくなった。

理由はわかる。俺も同意見だからだ。

「ですよね。俺もびっくりしました。多分、俺がエリートに見えたのって、自分を低く置きすぎだからだと思います。ただ、自分を底に置くのは勝手ですけど。それが、自分の家族や一緒に働いている人たちまで底に置くことになるって気づいていないのが、腹立ちました」

俺が話をしている間にも、車は自宅最寄りのインターを降りていく。

「これに関しては、事情を聞いても腹が立ちます。もちろん、そもそも家庭内事情が複雑で、親にかまってもらえていなかった不満とか、悪感情に繋がる原因があるのかもしれないですが――。でも、それならそれで、友人知人に愚痴ればいいことです。仕事先の、それも謝罪で来ているところで、初対面の取引先の営業マンに愚痴るとか当たることではないですから」

帰宅後にまでは引っ張りたくない話なので、俺はこの場で吐き出すように、しゃべりまくる。

「そうだな」

そうして一通り吐き出しきったところで、自宅へ着いた。

裏の敷地からは、これまでにはなかった明かりが見える。

「鷲塚が着いているみたいだな」

「はい。すでに楽しんでいそうですね」

俺はすでにトレーラーハウスにお呼ばれしているだろう、弟たちを想像して自然と笑顔になっていた。

でも、それはきっと鷹崎部長も同じだろう。

車を車庫に入れる横顔が、微笑みでゆるんでいたから――。

3

俺たちが「ただいま〜」と帰宅をすると、ダイニングには三人分のお弁当？

直径20センチくらいの三段重箱を用意した父さんが、笑顔で待っていた。

「ちょっと前に、鷲塚さんが到着したんだ。そうしたら、みんな待ってましたとばかりに、夕飯持参でトレーラーハウスへ行っちゃって。父さんも寧たちが帰ってきたら、一緒に来てね〜だって」

「もしかして、それで、運びやすいようにお弁当にしたの？」

「日中のみんなの過ごし方から見ても、こうなることはわかっていたからね。さ、早く着替えちゃって」

説明している父さんが楽しそうなのもあるけど、ちびっ子たちが待っている姿は、想像しただけで口元がほころぶ。

きっとこれまで以上に、鷲塚さんとナイトが到着するのを、首を長くして待っていたんだろう。

合鍵《あいかぎ》まで預けてもらっているけど、トレーラーハウスに入るときは、鷲塚さんと一緒に、というのが、我が家で決まったルールだ。

樹季や武蔵は残念そうだったけど、そこは士郎が「万が一にも、何かがあってからでは遅いからね」と説得してくれた。

ただし、士郎の説明だから、大人でもびびりそうな「万が一の何か」を例に挙げたんじゃないかと思う。

俺は遠目で見ていただけなんだが、おそらく、自分たちだけで入って、もしも怪我をしたり、何か壊したりしたら、それでも全部鷲塚さんのせいになるんだよ——とか。

最悪、ご近所さんから怒られるような騒ぎ方をしたら、トレーラーハウスがなくなるどころか、鷲塚さんとナイトがここへ来れなくなっちゃうんだよ。

場合によっては、リフォームも中止になっちゃうかも——とか。

そんな感じだろう。

頷いたときの樹季や武蔵のびびり方が半端なかったからね！

「鷹崎部長。そうしたら、こちらで着替えを」

「ありがとう」

俺は自室へ鷹崎部長を誘うと、着替え始めた。

和室の一角には、鷹崎部長のスーツをかけられるように、スペースやハンガーを用意している。

そして、一緒に置いた衣装ケースにも、鷹崎部長ときららちゃんの着替えが入っていて、その枚数は付き合いが深まるごとに増えてきた。

「あ、鷹崎部長。上着を」

「ありがとう」

目が合ったところで、俺は鷹崎部長のスーツの上着を受け取り、ハンガーにかける。

（やっぱり、手触りが違うな。型崩れも全くない）

これは鷹崎部長と付き合い始めてから実感したことだけど、上質なスーツはマテリアルの手触りから縫製《ほうせい》、裏地の質にいたるまで、何もかもが違う。

父さんも一張羅《いっちょうら》に関しては、相当いいオーダーメイド品を持っているし、俺も成人式で借りたことがある。

あとは、就職が決まったときに、父さんの仕事仲間さんがお祝いにって一着プレゼントしてくれて、それが今にして思えば、滅茶苦茶上質なスーツだった。

でも、よく考えるまでもなく、これを用意してくれたのは父さんの仕事仲間さんではあるが、本業はメンズブランドでは国内屈指《くっし》と言われる〝SOCIAL《ソシアル》〟のトップデザイナー早乙女《さおとめ》さんだ。

縫ってくれたのは、そこのトップテーラーさんだ。上質なのは当然だった。

ただ、俺たち兄弟は、小さい頃からよく洋服を作ってもらっていたから、感謝はあっても、それが世間から見てどういう価値のものなのかは、あまりよくわかっていなかった。

しかも、もらった服は着ぐるみ以外は、だいたい余所《よそ》行《ゆ》き用にしていたから、着心地がいいのは「お出かけ用の服だから」くらいの理解だったと思う。

けど、これは仕方がない。

SOCIALがもっとも本領を発揮するのは、やはりメインのスーツだ。

それも、子供の普段着として作られたものとは、何から何まで違って当然だ。

それで俺は、いざ自分の給料から着替えのスーツを選んで買うようになって、初めて「あれ？　違う？」ってなった。

それでも普段着と余所行きの差が激しいな——くらいの感覚で。

スーツの善《よ》し悪《あ》しというのを、ほんとうの意味で実感したのは、こうして鷹崎部長のスーツに触れる機会を頻繁に得てからだった。

（こういうものって、本当に質のいい物に触れないと、違いがわからないっていうか。細かいところまでは、気付けないもんなんだな——）

だからというわけではないが、こうして手に取ると、つい眺めたり、撫でたりしてしまう。

特に、まだ鷹崎部長の温《ぬく》もりが残っているときは——。

「どうした？」

「いえ！　いつ見ても素敵なスーツだなと思って」

でも、行きすぎると、変態じみて見えるかも!?

俺は、慌ててスーツの上着をハンガーラックへかけた。

「——ああ。営業をやるなら身なりにかける金だけは、出し惜しみをするなって、最初の二着は兄貴が就職祝いで揃えてくれたんだ。俺自身は半信半疑で、正直、服の値段じゃないだろう。もったいないなと思ったんだがな」

中断していた自分の着替えを済ませていると、今度は先に着替え終えた鷹崎部長が俺の上着をハンガーラックへ掛けてくれる。

それも、「え？」って思うような話をしながら——。

「ただ、いざ営業部に配属されてみたら、上司が虎谷《とらや》専務だった。聞けば、入社時代からスーツ好きで、こだわりがあったみたいで。スーツはサラリーマンの戦闘服だ。身体に合わないものを着たくないからな――って、言っていたのが格好よく見えて。実際、入社以来、営業成績も群を抜いていたような人だったから、ここは真似をしてもいいんだな。兄貴は、間違ったことは言っていなかったんだなと思って。それから三年間はボーナスの度に新調したのが、今の手持ちのスーツだ」

これは初めて聞いた話だった。

俺は、単純に驚いた。てっきり鷹崎部長は、最初からスーツにはこだわりがあって――と思っていた。けど、そうではなかったからだ。

けど、これはこれで親近感が湧く。

（そうか！　最初から、何十万円のスーツが当然という感覚ではなかったのか！　確かに、鷹崎部長は身なりと周りの人には気を遣うし、お金も遣うけど、普段の生活は普通だもんな。それこそ、お兄さん夫婦に育ててもらったときに覚えたらしい節約術を、ちゃんと今の生活にも生かしているし）

しかも、影響を受けたのが、今でもダンディを地で行く虎谷専務となったら納得だ。

俺から見ても、職場をドラマチックに見せてくれるイケメンな専務さんだけど、鷹崎部長の入社時代なら、今よりきっとアグレッシブでギラギラしていたと思う。

当時の写真があったら、見せて欲しいくらいだ。

「虎谷専務――それは真似しちゃいますね。けど、今ならきっと、鷹崎部長を見て同じことを思う人たちが、たくさんいると思いますよ。さすがに俺は、まだまだ身の丈に合ったものを買うので精一杯ですけど。でも、成人式の時にもらったブランドのシャツとか、すごく着心地がいいので、少しずつでもその〝身体に合う戦闘服〟を揃えていこうかなって思います」

そうして着替えを終えると、俺たちはリビングへ戻ろうか――と目配《めくば》せをし合った。

「そうだな。俺を真似る奴がいるのかどうかは別として。寧の場合は、そもそも俺や虎谷専務とはタイプが違うし、世代も違う。むしろ今の時代なら、その〝身の丈に合った〟という感覚を大事に、ステップアップしていくほうが、得意先の印象もいいと思う。なんていうか――、仕事を通して育ててやりたいという気にさせる」

「そうなんですか？　それなら、焦って変な背伸びをしないように気をつけます。やっぱりまだ三年目だし、入院中とはいえ後輩も入ってきたからなって、いつもより力が入るときがあったので」

「自覚があるなら、大丈夫そうだ。だが、力の入りすぎから、しなくていい失敗を招くこともあるからな」

「はい」

俺がリビング側の襖《ふすま》に手をかけたところで、「ピンポーン」とインターホンが鳴る。

「はーい」

声と同時に、廊下を進む足音から、父さんが向かったのがわかる。

俺たちも釣られるようにして、部屋の中でふり返る。

廊下側の襖を開いて、玄関先を見る。

「!?」

「！」

すると、これはムササビ？　モモンガ？

お揃いの着ぐるみパジャマを着た武蔵ときららちゃんと七生が、両手を広げて走り寄ってきた。

「ひとちゃん！　きららパパ！　とっちゃ！　お迎えに来たよ～っ」

「パパ、ウリエル様！　お帰りなさ～い！」

「ひっちゃ～っ。きっぱ～。おっか～っ」

「た、ただいま」

一応、モモンガとしておこう——という着ぐるみなものだから、一人一人が飛膜《ひまく》で廊下を塞ぎながら俺や鷹崎部長に飛びついてきた。

が、俺たちの驚きは、これにとどまらない。

むしろ、ちびっ子達のあとに着いてきた充功のほうが強烈だったからだ。

「えーと。ちゃんと保護者付きです。お帰り〜」

すでに父さんは、玄関先で笑いでうずくまっている。

だって、何がどうしたら、充功までお揃いのモモンガ姿⁉

しかも、開き直っているんだろうけど、仁王立《におうだ》ち！

「え、あ？　ありがとう。え？」

「――突っ込むなよ。言っちゃ悪いが、トレーラーには寧たちの分もあるからな」

さすがにちびっ子達に付き合っているとはいえ、照れくささはあるようだ。

しかし、それより何より、あとに続いた充功の言葉に、俺はギョッとした。

「俺たちの分？　それは、鷹崎部長のもあるってこと？」

「そう！」

あっさり肯定された俺は、鷹崎部長のほうを見てしまったが、明らかに動揺している。

そりゃ、モモンガの着ぐるみだ。

気合いの入ったコスプレ衣装とはいえ、イケメンなサタン様とはキャラが違いすぎる。

それに、七生たちが着ているのを見ると、モモンガのフードにはお目々《めめ》がぱっちりの顔

も描いてある。

想像しただけで――ごめんなさい！

一瞬にして、胃がよじれそうになる。

それなのに――。

（駄目だよ、父さん！　間違いなく、俺よりも想像力に長《た》けてるんだから、鷹崎部長のモモンガを頭に思い浮かべたら！　というか、今にも青ざめそうな部長がいるのに、玄関先でうずくまって笑いを堪えるのは、笑ってるのと同じだから！）

父さんは、今にも下駄箱《げたばこ》にすがりつく勢いで、全身を震わせている。

俺は、隣でそれを見ている鷹崎部長をどうしていいのかわからない！

「ウリエル様！　今日は、鷲塚さんが来るまでに、みんなお風呂も済ませちゃおうね！　って言って。あとは、ご飯食べて、お話して、寝るだけにしたのよ」

「七生の髪もちゃんと乾かしたよ。ふわふわでしょう！」

「なっちゃ、ふわふわよ～」

鷹崎部長から逃げるわけではないけど、俺は一生懸命に話をしてくれるきららちゃんたちのほうに、視線どころか全神経を向けた。

「本当だ。ちゃんと乾いて、ふわふわになってるね。よしよし――。で、この新しい着ぐるみパジャマはどうしたの？」

それでも、とりあえず出元だけは確かめる。

十中八九、想像は付くけど、それにしては鷹崎部長の分まででっていうのが引っかかったからだ。

「モモンガ！　とうちゃんのお友達が送ってくれた！」

――やっぱりだった！

一枚、二枚なら他も考えるところだが、一家全員に送ってくる財力と気遣いは、父さんの仕事仲間さんだ。

さすがにこれをSOCIALのトップデザイナーとテーラーが作ったとは思いたくないが、場合によっては、喜び勇《いさ》んでやってしまう可能性はある。

何せ鷹崎部長はSOCIALの顧客の一人だ。

あそこには、間違いなく鷹崎部長のサイズ記録もあって、だからこそサタン様の衣装もぴったりに作り上げてきたぐらいだから。

そんな彼が、これを着るかもしれない――と想像したら、父さんの仲間だけに、大はしゃぎしそうな予感しかしない。

もしかしたら、俺と婚約したってことも知っているから、新たな家族の仲間入りと称した洗礼なのかもしれないが――。

「鷲塚さんが、これなら上掛けいらないねって笑ってた！　だってほら、両腕の下にかけるのが付いてるでしょう」

「ぴょんぴょ～んっ」

「上掛け!?　ああ～。そういう発想はなかったな――。けど、そうだね。両腕に飛膜分の布があるから、確かに上掛け代わりになりそうだよね」

「だから今夜も、電車で寝るの～」

「ふふふふ～っ」

武蔵たちは、大はしゃぎだ。

そしてこの分なら、遊び疲れて寝落ちしてしまっても、各自上掛けを持って歩いているようなものだから、寝冷えの心配もなさそうだ。

「とりあえず、移動しようか」

「う、うん」

そうして俺たちは、爆笑から立ち直ったらしい父さんの声かけで、トレーラーハウスへ移動した。

手にはしっかり父さんが作り置いてくれた重箱弁当を持つ。

（裏に回るだけだけど、この時間に移動するって、なんだか夜遊びみたいだな）

俺は、星空の下を移動しながら、これはこれでわくわくしてきた。

庭を抜けられるようになったら、また違った気分になるんだろうけど、今だけのこうした夜遊び感も悪くないな――なんて思いながら。

「こんばんは～。お邪魔しま～す」

「いらっしゃ～い」

「――!!」

それでもトレーラーハウスへ足を踏み入れたときの衝撃は、なかなかのものだった。

（モモンガ一家が揃ってる！）

双葉、士郎、樹季が着用しているまでなら想定内だったが、鷲塚さんまで着ていたからだ！

それも、両腕に着いた飛膜に包まれたナイトが、鷲塚さんの膝の上でうっとりしている。

エリザベスとエイト、エンジェルちゃんは、キッチンのほうで寛《くつろ》いでいて、見るからに満腹で眠たそうだ。

「――あ、ちなみに父さんたち成人男性分は、ガウンタイプになっているから、そこまでモモンガって感じじゃないよ。むしろ、今の時期なら、これ一枚で本当に上掛けになるかもな。あと、おじいちゃん、おばあちゃんには、先に届けてあるから」

そうして立ち尽くす俺たちに、充功が大人三人分のモモンガ・ガウンを配ってくる。

「え⁉　鷹崎部長や鷲塚さんどころか、おじいちゃんたちにまで？」

「そうなんだよな。めちゃくちゃ気を遣ってくれてるよな。しかも、俺までもらっちゃって。けど、ナイトが気に入ったみたいだから、活用させてもらうよ」

「パウ」

ようは、夕飯前に着いたか何かで、こちらで先に開封をしたってことだろう。

差し出されたガウンには、誰宛のものかが明記されたシールが貼られていた。

さすがにガウンタイプだから、サイズは関係ないかな？

LとかLLみたいな、丈の長さで振り分けられている。

それにしたって、父さんのお仲間さんたちは情報通だ。

いつの間にか四世帯まるごと家族認定されている！

きっと、はしゃいだ父さんが、いろいろ話したんだろうけどね。

「――あ、本当だ。さすがに着ぐるみまでのインパクトはないかも」

「ツナギになっていないから、羽織《はお》るだけだしな」

で、早速羽織って、俺と鷹崎部長もモモンガ一家の仲間入りをした。

父さんも「それじゃあ、俺も」と羽織って、この状態だけで、すでに可笑《おか》しい！

（なんなんだろう？　この光景は――ぷぷぷっ）

それでも七生たちが着ていた姿を、そのまま自分たちに入れ替えて想像したものよりは、大分おとなしいものだった。

これなら両手を広げても、四角い布をかぶっている印象に近いし。

ただ、色味は間違いなくモモンガだった。

（本当、他人には見せられない姿だな。けど、どうして鷹崎部長のモモンガだけが、ブランドガウンに見えるんだろう？　あれ？　フードについてる顔も、ちょっと違う？　なんか、モモンガなのにイケメンっぽくない？）

そしてよくよく見ると、モモンガの顔が一人一人違うことに気がついた。

大分デフォルメがかかっているとは思うけど、それぞれの顔の印象に似せているんだって気がつくと、俺は一周回ってプロの仕事に尊敬の念を覚えた。

同時に、父さんのお仲間さんには、イラストレーターも漫画家もいたんだってことを、今更ながら思い出した。

俺たちが食事を終えると、その場はいつものようにリビングで雑談になった。

双葉は勉強で、父さんは仕事で、空《から》のお弁当箱を回収して家に戻る。

洗い物は俺がって言ったんだけど、「これだけだからいいよ」って。

ただ、すっかり身体に馴染んだのか、気がついたときには、双葉も父さんもモモンガ姿のまま、家に帰ってしまった。

父さんのガウンもそうだけど、双葉は着ぐるみなのに！

「――っ」

俺が気づいたときには、車から離れていたから、声が出なかった。

すでに九時を過ぎていたから、あとは誰にも会わずに家に着くことを祈るばかりだ。

「それにしても、実際にこうやって気軽に来れちゃうことを体験したら、親父に感謝だよ。変な話、到着が深夜や早朝になりそうなときでも、躊躇《ためら》いなく来られる。ほら！　俺だけならそういうことはないけど、時差度外視《どがいし》で空港まで迎えに来い、そのまま兎田家へ連れて行けとか言う、わがままな人もいるからさ」

二人を見送ると、鷲塚さんが改めて話し出した。

「鷲塚さんってば」

「だから、これ以上獅子倉を甘やかすなって言ってるだろう」

この時点で、樹季と武蔵、きららちゃんと七生は、士郎が寝室へ誘導して寝かしてくれている。

ちらっとみたら、本当にモモンガの飛膜部分を上掛けにして、くーくー寝ていて、微笑ましかった。

俺はスマートフォンでこっそり写真を撮って、あとで父さん経由でお仲間さんたちに送ってもらおうと思った。

最初はどうなることかと冷や汗ものだったが、モモンガのおかげで、今夜はみんなが笑顔になれた。ささやかながら、そのお礼にね！

「でも、鷲塚さんがここにばかり泊まったら、おじいちゃんたちが寂しがりますよ」

そうしてリビングへ戻ったところで、俺も話に加わった。

この場には、鷹崎部長と鷲塚さん、充功と俺だけが残っている。

「そうしたら、おじいちゃんたちもここに泊まってみてもらったら？」

「そうだな。次は食事だけでなく、泊まりにも誘おう」

「絶対に喜ぶね。あ、そうだ。そういえば……、!?」

ただ、何でもないような話の最中、充功が何かを言いかけたときだった。

手元に置いていた充功のスマートフォンが震えた。

手に取って、すぐにメールを確認している。

「舞台の情報解禁用の確認が来た。今月末には、チケットの先行抽選予約が開始されるんだって。で、明日にはビジュアル公開になるらしいんだけど、俺は撮影に呼ばれてないから、チラシとかには載らないんだって思ってたら、これだった」

今夏充功が出演するミュージカル〝聖戦天使にゃんにゃんエンジェルズ〟についてのお知らせのようだった。

充功が笑いながら「これ」と言って、画面を俺たちに向けてくる。

――が、俺たちは一瞬目を細めた。

間違いなく、三人揃って同じように画面を凝視したと思う。

「全身着ぐるみで――顔が♪《おんぷ》なの？」

画像には充功の七音域音痴《おんち》を最大に生かすために、新たに作られたキャラクターのイラストが載っていた。

当然、メインの子達は衣装合わせをした、本番さながらの写真なんだけど――。

充功の役はあとから作られたから、かぶり物自体がまだ制作中なのかもしれない。

とはいえ、なんだかご当地キャラクターみたいなことになっている。

俺からすると、鷹崎部長のモモンガ姿を想像した衝撃を軽く超えてきた。

（待って！　これでいいのか、充功！）

自他とも認めるブラコンとしては、心の底から問いたい。

「これって、俗に言う〝中の人〟なの？　言われなかったら、誰も充功くんだってわからないってこと？」

いや、こればかりは鷹崎部長だって同じはずだ。

本日二度目の動揺もあらわだ。

「確かに、この方が身バレがなくて、充功くんとしては都合がいいのかな？　キャラクター名は〝魔音《まおん》〟か」

当然、鷲塚さんもだ。

口調こそ、みんな落ち着いているけど、内心では「は!?」という疑問しかない。

でも、当の充功は、なんてことない顔をしていて――。

「もともと、にゃんにゃんエンジェルズ自体、子供用のアニメだからな。けど、それだけだと、少子化の今、ヒットに結びつけるには弱いかなってことで、サタンやらミカエルといった、大人女子向けのイケメンが大投入されたわけじゃん。けど、基本は日曜朝の子供向けアニメだし。登場一回切りのやられキャラだったら、こんな感じだと思うよ」

自分の役にも、そもそもの内容にも、すごく理解があって、納得もしていた。

おかげで冷静になれた。

それこそ、ここで「うちの充功がなんでだよ！」なんて口にしていたら、モンスターペアレントみたいになりかねないところだった。

「――あ、そうか」

「そう言われるとそうだ」

「確かに！」

「それに、設定はちゃんと作ってくれてるよ」

しかも、これ以前に、役柄の設定説明はされていたのかな？

充功は別のメールを開くと、この〝魔音〟の設定資料を見せてくれた。

（どれどれ）

見ると、そこにはこう書かれていた。


もともと〝魔音〟は歌が大好きな少年だった。

しかし、大病で喉を壊し、七音域を超えた高い声がまともに出せなくなった。

死の直前、絶望からサタンを呼び寄せてしまい、天国へは召《め》されずに、〝魔音〟という魔物となって、再び人間界へ。

そうして、〝魔音〟は楽しそうに歌う子供たちを最初は七音域内の歌で魔界へ誘惑。

そして魔界へ誘うと、七音域を外した魔の歌声で子供たちから歌う喜びや楽しい気持ちを奪い、魔族の子供にしてしまう。

だが、それをニャンニャンエンジェルズたちに阻止される。

打ちひしがれる〝魔音〟だったが、にゃん子ちゃんたち（メンバー内に亡くなる前の知り合いがいる）からの「私は君の歌大好きだよ！」「今でも君の歌が大好きな心は、気持ちは決して音痴なんかに負けないよ!!」と説得されて、改心する。

しかし、実際の音痴は直らない！

だが、それを笑って受け入れ、前向きになったことで、魂が浄化されて、人間の姿に戻り、天国へ召される。

追記。人間に戻るシーンで、素顔を出す・出さないは、現在も検討中である。

（――なるほど。確かに、日曜朝によく見る感じの敵キャラだ。それに、ちゃんと浄化されて、人間に戻って天国へっていうのも、お約束のパターンだな）

俺は、ざっくりだけど、充功の役柄を理解した。

そして、きちんと役を理解すると、不思議なものでかぶり物姿でも納得ができる。

素顔を出す、出さないは、まだ決まっていないかもしれないが——。

ただ、話の性質上とか、キャラ設定からだと、むしろかぶり物のまま終わったほうが、いいんじゃないのかな？　なんて気にもなった。

（——だから充功は、この出《い》で立ちでもＯＫなんだ）

すんなりと、そう思えたから。

そして、それは鷹崎部長や鷲塚さんも同じようで——。

「それにしても、充功くんの芸名はＭ《ミ》ＩＴＳ《ツ》ＵＧ《グ》Ｕ表記になるの？　原作者の息子がどうこうっていう宣伝はしても、さすがに本名は出さないってこと？」

「でも、顔も出てないってなったら、証明のしようもないよな？　少なくとも、ハッピーレストランのＣＭで、一度は顔を知られているし」

役柄に理解を示すと、自然に別のところへ意識を向けた。

そう。芸名？　だったり、宣伝の件だ。

「なんか、そこは周りが気を遣ってくれたみたい。ほら、前にハッピーレストランのＣＭで騒ぎになっただろう。ただ、原作者の息子がいるってことは、何かしらメリットにしようとは考えているみたい。これに関しては、せっかくだから、ギリギリまで考えさせて欲しい——的なことを、言われたかかな」

「そうか」

なんにしても、充功が制作側から不当な扱いを受けているわけではないとわかって、俺としては安堵した。

それくらい、本人が全くわからない「♪顔」のかぶり物キャラが、衝撃的だったということだ。

「それで、充功くん。さっきは何を言いかけたの？」

すると、ここで鷲塚さんが話を戻した。

充功が丁度《ちょうど》何か言いかけたときに、メールが届いたからだ。

腕の中のナイトは完全に寝落ちしている。大きなぬいぐるみみたいだ。

「あ、そうだよ寧。幼稚園にとうとうモンペが現れたって話、父さんから聞いた？」

「は？　それって、モンスターペアレントのこと？　何も聞いてないよ」

一瞬、俺のことかと思うようなタイミングで「モンペ」という単語を出されて、背筋がひやりとした。

なんだか今日は、ハラスメントだ、モンスターペアレントだと難しい話が多い。

それも一歩間違えたら、俺だっていつ加害者側になるかわからないものだ。

「そっか。実はさ――」

俺が、父さんからは何も聞いていないと知ると、充功は今日のお迎え時間に、幼稚園で一騒動あったらしいことを説明してくれた。

それも、どうして園でのことを充功が？　と思えば、騒ぎがあったときに、丁度弟を迎えに行った同じクラスの友人男子が、その場に居合わせていたらしい。

それで充功に愚痴メールが送られてきたそうだ。

「え？　みんなで手つなぎゴール？」

「ようは来月の運動会で、個人競技の順位やチームの勝敗は決めないでほしいってこと？」

「今時そんなこと言い出す親っているの？　そんなの昔、話題になっただけのものじゃないの？」

これもまた想像もしていなかった内容で、俺や鷹崎部長、鷲塚さんは身を乗り出して充功に問う。

聞けば、お迎えがてら幼稚園側にもの申したのは、今年入園したばかりの年少さんの保護者――母親だと言うのだが。

そんな話、噂には聞いたことがあっても、本当に言い出す人がいるの？　と驚愕《きょうがく》だ。

むしろ、なんの冗談だろうと思う。

「それがいたんだな――。けど、うちの幼稚園って私立だろう。それも園の方針や対応がしっかりしてるってことでは、かなり有名な。だから、その場で園長先生が出てきて、要求は却下したらしいんだ。けど……」

その後も充功は、友人から愚痴られた内容を話してくれた。

その母親は、園長先生がやんわりながらも「そうした内容での運動会は考えておりません」って言い切ったらしいのだが、

〝でも、こうした意見はうちだけとは限らないし、もしかしたら他にもいるかもしれません。一度全保護者に聞いてから、返事をしてほしいです〟

そう言って、一歩も引かなかったようだ。

それで充功が帰宅した頃には、父さんのほうにも園からアンケートメールが。

友人からは「ヤバいよ、充功。聞いてくれよ。隣に越してきた家の母親がさ」という愚痴メールが届いたから、そんな話を父さんとしたとのことだった。

ただし、園からのメールでは、あくまでもアンケート形式で、「昨今《さっこん》、またこうしたことが話題になっていると耳にしたので、一応確認の意味で――」くらいのニュアンスだったそうだ。

保護者からの申し出があってみたいなことは、いっさい触れていないので、どこの誰が言い出したってことは、その場に居合わせた人くらいしかわからない。

とても配慮された内容だ。

「それで寧にも父さんから情報共有されたかな？　と思って、聞いてみたんだ。けど、考えたら、着替えてすぐにこっちへ来たんだったよな。そんな暇ないか。あ、ちゃんと愚痴メール寄越《よこ》した奴には、他には話すなよって釘は刺しといた。それでも、あの母親が騒ぎ続けたら、すぐに噂になるだろうけどな。以上！」

こうして充功の情報共有報告は終わった。

俺としては、そうか、武蔵や七生がお世話になっている園で、そんなことがあったのか――と、共有してもらったこと自体はありがたい。

いつどんなところで、園の保護者たちと会うかわからないし、父さんとも話が合わせられる。

けど、内容が内容なので、ここで終了っていうのが一番いいよな――とは思った。

「――でもさ。手つなぎゴールって、ゆとり世代を代表する話のひとつみたいな言われ方をされてるけど、実際はどこもやってないんじゃなかった？　一番騒がれた頃には、まだSNSも普及してなかったから、口頭伝聞で広がった都市伝説みたいなもので」

そもそも、この手の話をテレビで見るか、どこかで話を聞いたかしたこと自体が、大分昔だ。多分、俺が小六？　中一？　って、頃だと思う。

ただ、そんな年頃の俺でも、なんだそれ？　って記憶に根深く残っている話だから、相当強烈な主張なんだと思う。

今聞いても、首を傾げてしまうくらいだ。

間違いなく、幼稚園側も「は？」って戸惑っていただろう。

園長先生だって、忙しいだろうに——。

「当時のラジオ番組で調査した結果は、ほとんど存在せずって話らしいけどな。でも、何かにつけて平等だ公平だって叫ぶ層は一定数いるから、たまたまその母親が、そういう思想だっただけじゃないか？」

——と、鷲塚さんも、ゆとり世代と呼ばれる枠に入っているからか、苦笑している。

――と、ここで寝室のほうから、士郎が出てきた。

話し声で目が覚めちゃったのかな？

そうだとしたら申し訳なかったが、俺としてはモモンガを着て動いている士郎を見られたことは、かなりラッキーだ。

(寝姿もいいけど、やっぱり動いていると可愛いさ倍増《ばいぞう》だ。ごめん！)

おそらく、これを着るのは抵抗があっただろうとは思うが。

そういう羞恥心《しゅうちしん》たっぷりな士郎なのに、弟たちに合わせて、同じ格好をしたんだと思うと、俺はテーブルの下で「よし！」と握りこぶしを作ってしまう。

それによく見たら、フードのモモンガ顔には、眼鏡の刺繍《ししゅう》もされているよ！

本当に、芸が細かい！

「それ――。アンケート結果で納得してくれるといいね。変な話、保護者が悪目立《わるめだ》ちすると、子供まで変な目で見られるから。そうでなくても、今年度から越してきた一家じゃ、地元にかばってくれる知り合いや親戚がいるかどうかもわからないし」

寝起きだろうが、モモンガだろうが、士郎の理路整然《りろせいぜん》とした口調はいつも通りだった。

ちょこんと俺の隣に座ってきた姿は可愛くても、話の切り口はシャープだ。

もしかしたら、話し声に目が覚めたと言うよりは「モンペ」の単語に反応して、起きてきたのかもしれない口ぶりに、一瞬で場の空気が引きしまる。

「だよな――。なんでも、父親の仕事の都合で、この四月から越してきたって話だし。一応、メールをくれた奴のところへ挨拶に来たときには、会社がこっちで新規事業を展開するから、その責任者として赴任《ふにん》してきた――みたいな話はしてたらしいから」

それにしても、充功の友人さんは、たまたま家が隣だったこともあり、余計に園でのことが目に付いたのかな？

弟さんが通っているところで、波風《なみかぜ》は立って欲しくないだろうし。

ましてや、お隣同士の子供たちは普通に楽しく遊んでいるかもしれないんだから。

「そういうことなら、栄転で見知らぬ土地へ来たってことかな？」

ただ、話を聞いていると、俺はその家の父親のほうも少し気になった。

仕事とはいえ、新しい土地に越してきたばかりじゃ、今が一番余裕がないだろう。

母親が子供や園のことで気になることがあっても、ゆっくり時間を取って話を聞くのは難しそうだ。

逆を言えば、母親だって父親に気を遣う時期なのはわかっていても、自分と子供のことで手一杯だろうからな――。

「多分な。今まで都会暮らししかしたことがないから、田舎下げ？　みたいなことをチラチラ言われたみたいだから。親は気にしてなかったけど、そいつの第一印象は〝やな感じ〟だったって。その上で、このクレームだったから、駆けっこが得意な弟の一位を邪魔したいのか！　って、怒《いか》り狂って。けど、こんなブラコン話、俺にしか愚痴れないって言って……。それもどうなんだよって話だけどさ」

さすがは充功だ！

話を振ってきた友人にしても、最後はちゃんと笑えるオチを用意してくれている。

「それは、相手の選択に間違いないね！」

「うん。年の離れた弟の話を、それも親世代が憤慨《ふんがい》するような愚痴を、ノリノリで聞いてくれる中三男子は限られてるだろうからね」

俺と士郎は妙に納得しながら、頷きあった。

これを見ながら、鷲塚さんも「うんうん」と相づちを打って同意している。

(あれ?)

ただ、鷹崎部長だけは、なぜか黙って考え込んでいた。

いつもなら、一緒になって「そうだな」って乗ってくれるブラコン話なのに——。

「どうしたんですか? 鷹崎部長」

俺は、途中で何か嫌な話でも入っていたかが心配になった。

そうでなくても、今日は蛙田さんの件もあったから——。

「いや、子供に順位や勝敗で差を付けないって。平等、公平を考えると難しいなと思って」

鷹崎部長は、話の序盤から気にかかっていたことがあったようだ。

でも、こうして言われると、改めて「子供たちのすべてに平等や公平」は難しいし、成立しないことがわかる。

なぜなら、運動会で主張した——順位や勝敗で子供達に差を付けないでほしいなんてことがまかり通るなら、勉強でも演奏でも、なんでも同じことが言える。

極端な話をするなら、家庭環境だってそうだろう。

でも、これらすべてにおいて「子供たちに差を付けるな」は無茶な話だ。

そもそも自然にできてしまうものが大半だ。

おそらくこの母親からしたら、充功の友人からしたら「そこまでは言っていない。運動会に限った話だ」と言うかもしれないが、「それなら別のことでやってくれ。運動会は俺の弟の見せ場なんだ」になるだろう。

一つ言い出したら、あれもこれもで大変だ。何も成立しなくなる。

それこそ、ちょっと考えればわかる話だ。

それでもなおアンケートまで要求して、自分の意見を認めさせようってなるから、モンスターペアレントなんて言われてしまうのだろうが――。

「……ウ……」

――と、ここで鷲塚さんが寝ているナイトを抱え直した。

寝言みたいに声を出しながら、口をもにょもにょしているのが、可愛い。

「――ですよね。けど、だからこそ、俺は改めて兎田家の考え方というか、方針が一貫してるのがすごいなって感心しましたよ。普通だったら、その充功くんのクラスメイトの愚痴でわいわいやって、終わるでしょう。けど、親の言動に左右される子供のほうを心配をするって――。百歩譲って、寧ならもう保護者視点だからって思いますけど、充功くんや士郎くんも同意見でしょう。ってことは、間違いなく双葉くんもってことだろうし」

鷲塚さんは、この話の流れから感じた自分の意見として、弟たちを誉めてくれた。

これは嬉しい！

けど、これこそが「同じ話をしていても、気になるところが違う」見本のようなものだ。こうした差が運動会のような序列に繋がるかどうかは別の話だが、でも個性ってこういうことだろうと思うんだ。

「でも、実際の話。俺が小学生の頃にも、親の言動が原因で、いじめの対象になった子がいたよなって思い出せるから。こういうときに、親よりその子供を気にしてくれる人間が近くにいるって、どれだけ救われるだろうって、改めて感じるんですよね」

「本当にな」

鷹崎部長も、これには鷲塚さんに同意のようだった。

「けど、だからこそ。その母親が、ここで引き下がってくれるといいな――って、思います。充功くんたちの気遣いが、間違っても心ない大人に無碍《むげ》にされないようにって」

俺は、鷲塚さんが改めてこんな風に言ってくれたことが、すごく嬉しいと同時に、心の底から同じことを思った。

その一方で、そもそもこのお母さんの主張が、子供の駄々《だだ》こねからの話じゃないといいな。間違っても、三歳児のイヤイヤや、わがままに賛同しての申し立てじゃないといいなとも祈った。

4

翌朝の祝日——本日も快晴に恵まれた。

昨夜は充功が「今夜はリビングで寝てみたい！」と言うので、こちらのソファベッドには充功と士郎と鷲塚さんとナイトが寝ることになり、俺と鷹崎部長はちびっ子モモンガの巣となっている奥の寝室へ紛れた。

ダブルベッドにソファベッドをくっつけると、それなりに寝られるものだ。

ゆったりという訳にはいかなくても、自然に笑みが浮かぶ。

そんな幸せな一夜を過ごした。

(——ん？　重い……、えっ!?)

ただ、起きたときには、いつの間にかこっちへ来ていたエイトのお尻が顔の前にあって、

鷹崎部長にいたってはエリザベスに懐かれて、すごい姿になっていた。

「わ！　パパがエリザベスに潰されてる！」

「みゃんっ」

「パウ」

「いっちゃん、エイトもひとちゃんのお腹に乗ってるよ！」

「本当だ。モモンガだと思って、懐いちゃったのかな？」

「きゃ～っ。なっちゃもねんね～っ」

目が覚めた途端に、賑やかを通り越して、騒がしいことになった。

「おっはよ～」

「パウ！」

「寧。父さんから〝朝食の支度ができたよ〟ってメール入ったぞ」

「あーあーあー！　こら！　エリザベス。大丈夫ですか、鷹崎さん」

そこへリビングから鷲塚さんたちが入ってきて、いっそう賑やかだ。

「――まあ、ん」

「バウン」

さすがにエリザベスは、ばつの悪そうな顔をしていたけど、それでも鷹崎部長にもふもふ撫でられて、すぐにご機嫌だ。

鷹崎部長にしても、こんなにエリザベスとべったりしたことがなかったからか、そうとう重かったはずだけど、嬉しそうだった。

そうして俺たちは朝食に合わせて、いったん自宅へ戻る。


「おはよう」

「おはようございます」

火曜の朝は、にゃんにゃんにゃん——とはいかなかったが、モモンガ大家族はとりあえず着替えて、普通の大家族に戻る。

今朝はリビングテーブルに折りたたみの長卓が並べられて、すでに父さんと双葉が全員分の朝食を並べてくれていた。

食卓にはトーストにベーコンエッグに海藻《かいそう》サラダとミネストローネ。

あとはヨーグルトに各自好きなジャムを乗せて——と、内容はいたって普段通りだが、

「こうして朝から揃っていると、合宿みたいだな」なんて、鷲塚さんが言っていた。

そして充功に「今更?」って突っ込まれて、本当に朝から笑いが絶えない。

脱衣所からは洗濯機が回る音が聞こえて、食後はエリザベスたちとエンジェルちゃんがじゃれ合って遊んでいるところへ武蔵たちが混ざっていったりと、なんやかんやで賑やか

な状態が続く。
そうして後片付けは俺と鷹崎部長が引き受けて、双葉と父さんには洗濯物を干してから
それぞれの部屋に戻ってもらって、ちびっ子達のことは鷲塚さんと充功たちに任せた。
（ここにおじいちゃん、おばあちゃんが加わったら、本当にわちゃわちゃって状態だな。
あ、でもだからこそ、お互いに元々の生活サイクルを維持したり、個別に過ごす時間が大
事なんだろうな――。特におじいちゃん、おばあちゃんとの距離感？　は。そうでないと、
あっという間に疲れちゃいそうだから）
俺はこのリビングダイニングの状況を見つつも、同居後のことを考えた。
きららちゃんの願望丸出しで、同じ屋根の下に住むにしても基本は今の生活を重視って、
実はいい距離感なのかもしれない。
そりゃ、一緒に食事を摂ったり、会話は当然増えるだろうけど、実はそれぐらいが丁度
よくて――。
世間の敷地内同居がどういうふうなのかはわからないけど、少なくとも俺たちは同居イ
コール毎日が土日状態ではなく、平日はこれまで通り。学校や仕事を中心に、すでに作り
上げているサイクルのまま行くのがいいんだろうな――って。
おじいちゃん、おばあちゃんも、エリザベス親子共々、これまでに作り上げてきた平日

の習慣とサイクルがあるはずだしね。

「このあとは、残りの洗濯物を干せばいいのか？」

「いえ、今日の分はもう、父さんと双葉が済ませてくれたので、ゆっくりしましょう。あ、コーヒーでも淹れますね」

そうしてひと通りの片付けが終わったところで、俺は鷹崎部長にはキッチンを出てもらって、コーヒーを淹れる準備を始めた。

「それで今日はどうする？　何かしたいことはある？」

リビングでは樹季が武蔵や七生、きららちゃんたちに聞いている。

そばには鷲塚さんや充功、士郎もいるけど、この場をまとめるのは樹季に任せているらしい。

これはこれで新鮮な光景だ。

鷹崎部長もダイニングテーブルに着いて、興味津々な顔で様子を窺っている。

「エリザベスたちとお散歩に行きたい！」

「俺はみっちゃんに、駆けっこ教えてほしい！　もっと早く走れるようになって、運動会で一等になりたい！」

「なっちゃも！」

すぐにリクエストが出た。

この分だと、エリザベスたちの散歩がてら、公園で駆けっこの練習かな？

昨夜の手つなぎゴール話のあとだけに、武蔵や七生のやる気が嬉しくなる。

ひいき目抜きに、武蔵はけっこう万能型だから、将来的に学校の成績でも、双葉同様オール五を取ってくるかもしれない。

ただ、同じ年長さんの中には、それぞれの分野で頭一つ抜きん出るような子たちがいるし、小学校に上がって勉強となったら、きららちゃんだって頭角《とうかく》を現すんじゃないのかな？　なんて状況だから、武蔵としてはいい刺激を受けているんだろう。

しかも、ここまで堂々と「一等になりたい」と言うってことは、徒競走《ときょうそう》では一番早い子と一緒に走るのが、もうわかっている？

何にしても、やる気に満ちた目を見ると、わくわくする。

当然充功はすぐに「ＯＫ」だ。

「七生はお遊戯《ゆうぎ》体操でしょう。あ、でも〝大好き抱っこ〟があるから、駆けっこの練習はしたほうがいいのか」

――と、ここで樹季が確認をしている。

なんだかすごいぞ！　すでに運動会競技を把握している。

多分、俺のいないところで、武蔵から話を聞いているんだろうけど——。

でも、お遊戯体操はわかるけど、大好き抱っこってなんだろう？

今年からの競技かな？

「樹季くん。大好き抱っこって何？」

俺が不思議に思っていると、きららちゃんも首を傾げていた。

「よ〜いドンで、抱っこしてほしい人のところへ行って、〝大好き抱っこ！〟って言って、ゴールまで運んでもらうの」

「わ！　楽しそう」

ようは、借り物競走みたいな感じかな？

なんとなくイメージはできた。

すると、ここでさらに樹季がぼそりと言った。

「でもこれは難しいよね。誰に抱っこしてもらうかで、一番が変わるかも」

確かに、抱っこする人、される子供によって、ゴールまでの有利不利はありそうだ。

ただ、これって未就園児たちが保護者と一緒になって、キャーキャーワーワーやるだけの競技だと思うんだけど——。

見ればリビングでは円陣《えんじん》が組まれている？

というか、鷹崎部長はいつの間にそっちへ呼ばれたの!?

俺はコーヒーメーカーをセットし終えると、いっそう耳を澄ませて、様子を窺う。

「いっちゃん。みっちゃんは駆けっこ早いよ」

「双葉くんも早いけど、みっちゃんより大きい。七生を抱えて走るなら、双葉くんじゃない？」

なんだか武蔵と樹季が真剣だ。

「きららパパは？」

「あ！　鷲塚さんはナイトを抱っこしても走れる！　七くんなら軽々じゃない？」

充功としては競技内容というか、名前もあるから、鷹崎部長を引っ張り出したいのかな？

なんて思っていたら、きららちゃんがシビアだ！

確かに、力自慢だけで言うなら、普段からナイトを甘やかして、抱っこしまくっている鷲塚さんっていうのもありそうだ。

そしてこの話の中に、士郎はともかく、父さんと俺がまったく出てこないところで、ちびっ子達が本気で七生を一番にしようと考えているのがわかる。

切ないけど、候補の四人に比べたら、走るのが遅いと思う。

ただし、俺も父さんも抱っこ歴は長いから、今の七生なら二人くらい抱えても、全力疾走はできるはず！

「そうだ。みんなに七生を抱えて、駆けっこしてもらおうよ！　それでタイムを計って、一番早かった人に出てもらうの！」

そうしてとうとう樹季が士郎みたいなことを言い出した。

いや、こうしたときの士郎は、あえて傍観者《ぼうかんしゃ》に徹《てつ》して、余計なことは口にしない。

こういうところは、下手な大人より大人だ。

「いや、さすがに俺より鷲塚や双葉くん、充功くんだと思うよ」

「それをいったら、十代の二人でしょう。俺、ここ何年もまともに走ったことがないですよ。思い出しても、去年の士郎くんたちの運動会で、二人三脚したのが最後だと思う」

「それを言ったら、俺もだ」

とうとう鷹崎部長と鷲塚さんが身を引き出した。

これは多分だけど、タイムまで計るとなったら、けっこうガチで挑《いど》んでしまう自分の性格を熟知しているからだろう。

なんだかんだ言って、負けず嫌いしか揃っていないからな——この場には。

「——あ、そうだ。獅子倉さんは？　当日来られるんですよね？　たぶん、七生が走ってきて〝大好き抱っこ〟って言ったら、泣いて喜ぶと思いますけど」

するとここで初めて士郎が意見を口にした。

しかも、この場にはいないけど、獅子倉部長を指名とか、天才じゃないかと思う！

（うわ～っ。想像ができる！　これはもう、足が速い、遅いの問題じゃない。参加することに意義も意味もある競技になりそう！）

これには鷹崎部長と鷲塚さんも顔を見合わせて、「その手があったか！」って表情をしている。

「それ、いいかも！」

「賛成！」

きららちゃんや武蔵も両手を挙げて大賛成だ。

「うん。いいと思う。七生はどう？」

そして、樹季が確認すると、七生はどこで覚えてきたのか、悪そうな顔でニヤリ。

「シーシー、えーんえーんね」

もはや一等になるより、獅子倉部長を感涙させるほうに大賛成をしている！

しかも、あの顔ってことは、意味がわかって言ってるよ、七生！

これはこれで末恐ろしいことになっているが、それでも獅子倉部長が大はしゃぎするのは一緒だから、まあいいかな？

「わーい。決まり！　やっぱり士郎くん、すごい！　僕、全然思いつかなかった！」

「ははは」

そして士郎は、相変わらず樹季からのリスペクトを受けまくりだけど、あのちょっと引きつった笑い方から見ると、本当は苦し紛《まぎ》れの欠席裁判だったのかな？

一番無難なところにオチを付けたみたいな――？

「獅子倉部長、来ても、来れなくなっても号泣ですね」

とはいえ、これを聞いた鷲塚さんが、もっと悪魔なことを言った。

「それは……」

さすがにこれは、鷹崎部長も獅子倉部長に同情していた。

ただ、このあとさらに話し合いが進んだ結果、七生の競技に獅子倉部長が指名されていることは、当日のその場になるまでは内緒にしておこうと決まった。

充功や樹季はサプライズのつもりのようだが、俺としてはそのほうが万が一来られなくなったときのことを考えたら、正解だと思った。

どの道あとから知られることにはなるのかな？　とは、思うけどね。

＊＊＊

そんな話をしてから、俺たちが家を出たのは、三十分も経たない頃だった。

今日は祝日だからか、裏のフェンス工事はお休みだ。

聞けば、住宅地内での工事だし、今後も何事もなければ、カレンダー通りの日程で作業を進めていくようだ。さすがは家守社長の声かけだ。

「みっちゃん。エリザベスたちも走れるかな？」

「どうだろうな。人が多かったら、早歩きだな。大きいし、怖がらせたら大変だから」

「そっか！　エリザベスだけじゃなくて、エイトとナイトも大きくなってるもんね」

「まあな」

（武蔵もいつの間にか、しっかりしてきたな）

エリザベスたちも連れて行くので、父さんやおばあちゃんに声をかけてから、俺たちは近所の第一公園へ歩いて行った。

ここは公園に、球技もできるようなフェンスに囲まれたグラウンドが隣接しているから、武蔵の駆けっこ練習にはもってこいだ。

人が少なければ、エリザベスたちの早駆けも――。

到着してみると、想像していたよりも人が少なかった。

飛び石連休なので、まとめて休みを取って出かけている家も多いのかもしれない。

まあ、普通に家族でのんびり過ごしているってこともあるだろうが――。

「公園にはぼちぼちいるけど、グラウンドは空《から》だな。そしたら、ちょっと走らせるか」

「やったね！　よかったね、エリザベスたち」

これならグラウンド側でエリザベスたちも早駆けができる。

それがわかるのか、エリザベスたちは尻尾をぶんぶん振っている。

しかも、エンジェルちゃんまで「みゃん！」と声を上げて、なんだか乗り気だ。

「え!?　エンジェルちゃんも一緒に走るの？」

「エンジェルはエイト、ナイトときょうだいだからな！」

「あ、武蔵。お前もとりあえず、一緒に付いてこい。準備体操代わりにゆっくり一周、そのあと少し速くして二周目を走ってみよう」

「はーい！」

驚くきららちゃんをよそに、エンジェルちゃんは武蔵の足にすり寄り、「そうなのよ」と言わんばかりだ。

そうして四匹のリードを充功が集めるも、ここで鷲塚さんが逆に手を出した。

「そしたら俺も一緒に走るよ。さすがに四匹を充功くん一人に任せる訳にはいかないし」

「あ、そうしたら、エイトとナイトをお願いします！　俺はエリザベスと――」

「みっちゃん、俺がエンジェルのリード持つ！」

「そしたら、きららも着いていく！」

結局きららちゃんも一緒に走ると言い出したところで、これを見ていた七生が「なっちゃも！」だ。

これは、やっぱり俺も一緒に走ることになるかな？　と思った。

だが、公園と繋がる出入り口から声をかけられたのは、このときで――。

「あ！　武蔵くんと七生くんだ！　ママ、お友達!!」

声をかけてきたのは、同じ幼稚園の子かな？

俺は初めて見るけど、多分年少さんくらいの男の子だった。

目鼻立ちがしっかりしていて、笑顔が可愛い。口調も軽やかで、素直そうな子だ。

多分、遅生まれかな？　口調もしっかりしている。

一緒に母親らしき人がいるが、三十代半ばくらいだ。

これから出かけるのかもしれないが、ブラウスに膝丈のタイトスカート、薄手のジャケットを羽織っている。

髪は黒いセミロングで、いつかどこかで見たような――うん。

印象がきららちゃんの叔母さんに似ている！

ただ、眼鏡をかけていたりして、雰囲気が近いって程度で、やはり俺には見覚えがない。

向こうもそんな感じで会釈をしてくる。

俺は、この時点で、今年から入園した母子《おやこ》だと確信した。

少なくとも、それ以前から園に通っている保護者なら、知り合いらしい挨拶をしてくる。

仮にこちらが覚えきれていなくても、相手のほうで俺たち大家族のことは覚えていてくれるからだ。

「大翔《ひろと》くんだ。ひとちゃん、年少さんの富山《とやま》大翔くんだよ。俺、歓迎会でお世話係したんだ！　七生も一緒に泥団子作ったことあるの」

「そうなんだ。こんにちは」

「こんちゃ～っ」

やっぱり今年から入った年少さんの母子だった。

武蔵は新入園児の歓迎会で、ペアになったことがあるようだ。

ここで七生が騒がないと思ったら、すでに一緒に遊んだことがあるんだな。

保育園に行き始めてからの七生は、やたらと武蔵にべったりで、よそのお友達と武蔵を取り合ったり、追い払うようなこともして、けっこう何人かとはすでにもめていたから。

まあ、七生としては、「武蔵は俺が守るんだ！」みたいな感覚らしいけど。

武蔵のほうは、荒ぶる七生を落ち着かせるのに、しばらく気を遣っていたから、ここでそうした相手の登場じゃなくて、内心ホッとしているかもしれない。

「お兄ちゃん……全部？」

俺たちを見渡した大翔くんは、年こそ違えど、似たような顔が並んでいることに目を丸くしていた。

一目で樹季、士郎、充功、俺が武蔵の兄だってことは、理解したようだ。

「うん！　みっちゃんに駆けっこ習うんだ。運動会で一等賞をとりたいから、今から練習するんだよ。エリザベスたちも一緒に走るんだ！」

「すごい！　僕もやりたい」

「いいよ！」

武蔵がエンジェルちゃんのリードを見せると、大翔くんは喜び勇《いさ》んで一緒に走ると言い出した。

こうなったら、やっぱり俺も一緒に走って、怪我がないように見ていないと――と、腹をくったときだ。

「駄目よ、大翔。運動会で勝ち負けや順番を決めるなんて、悪いことだって言ったでしょう。せっかく仲良くしているのに――。そんな練習なんてしなくていいから。みんなで仲良く一緒に走れば、一等もビリも関係ないでしょう」

突然顔つきを変えた母親、富山さんの言葉に、俺たちは顔を見合わせた。

これは、もしかして――!?

「どうして?」

「どうしてもよ」

「やだ! 僕、武蔵くんたちと練習する。武蔵くんたちと仲良くしたい! 一等にもなりたい!」

「だから、仲良くしたいなら余計に勝ち負けは駄目って言ってるでしょう」

鷹崎部長と鷲塚さん、充功と士郎が俺と一緒に(ああ、やっぱり)って項垂《うなだ》れる。

(手つなぎゴールアンケートの保護者って、大翔くんのお母さんだったのか)

昨日の今日で出くわす俺たちもすごいと思うが、少なくとも大翔くんのイヤイヤからの申し出ではないことは、この時点でわかった。

しかも、俺が想像していたよりも、全然やる気のある子だ。

それに、武蔵や七生の態度からして、頑張った結果がどうであっても、心から「また来年も頑張る！」って素直に言いそうな子なんだよね。

少なくとも、頑張って一等が取れたら万歳《ばんざい》だ。

けど、そうでなくても、うちは頑張った時点で万歳だ。

当然、武蔵だって一番にそこを誉めるっていうのができる子だから、大翔くんが武蔵や七生と仲良くしたいって思っているなら、絶対にどんな結果でもいじけることはない。

結果に駄々をこねて、母親を困らせるってことはないと思うんだけど——。

（よし！）

俺は、手つなぎゴールが母親個人か両親の持論だと感じて、少し話を聞いてみようかと思った。

各家庭の方針に口を挟むつもりはないけど、大翔くん自身は運動会で勝っても負けても、またそれ以外のことで順位が付くようなことがあっても、その経験をいい意味で伸ばせる子だろうと思ったからだ。

「充功。ごめん。大翔くんを一緒に見てあげて」

「ほーい。代わりに士郎、寧のこと見てやって。最近沸点低いから」

すると、充功から思いがけない言葉が返ってきた。

「え？」

「参観日のことを忘れたのかよ。あ、鷹崎さんもお願いしますね」

「――ああ。わかった」

（あ、そうだった）

言われてから思い出すのもなんだが、そういえば俺は先日の参観日でやらかしたんだった。

勝手な噂話から充功の悪口で盛り上がる母親たちがいたから、ちょっと訂正するつもりが笑顔で喧嘩を売るようなことを言ってしまった。

俺が母親たちをやり込めてしまったら、その子供達が立場をなくしかねないのに――。結果としては、間に入ってくれた充功と、あとから駆けつけた父さんの天然っぷりに助けられて、円満解決したんだった。

だからといって、いきなり士郎をぶつける気か!?

それって俺の何倍の破壊力なんだよ！　とは思ったが。

「変な心配をしなくていいよ、寧兄さん。さすがに越してきてすぐの人相手に、無茶なことは言わないから」

すっかり内心を読まれているのか、俺は士郎からそっと囁《ささや》かれる。

（本当かな？）

若干の不安は残しつつも、ここは士郎に任せたほうがいい？

俺のテンションが上がって言い過ぎたら、父さんが呼び出されて謝る羽目になる。

でも、まだまだ子供の士郎がお説教じみたことを言うだけなら、俺が相手に誠心誠意謝れば、ひとまずは落ち着いてもらえる。

一応、成人した俺は、保護者側だからね。

（――あ。鷹崎部長からも、ここは士郎くんに任せたらって、目配せが）

それでも何かあれば最終的には父さんにお願いすることにはなるけど、俺は鷹崎部長に頷き返した。

そして、大翔くんのお母さんには「すみません。大翔くんを少し弟たちと遊ばせますね」って言って、充功たちと駆けっこへ向かわせた。

エリザベスたちもいるから、練習というよりは一緒にグラウンドを周って遊ぶだけにも見えるし――。

ちなみに、士郎の後ろに立って構えていた樹季は、充功に引っ張って行かれて、一緒に走る羽目になっていた。

そうして、子供達と距離を取ると、士郎が一歩前へ出る。

「えっと、大翔くんのおばさん」

「何？」

「今の話って、運動会の勝敗とか、順位を付けることがお友達同士の仲を悪くするから、よくないって話ですよね？　ようは、手つなぎゴールで、みんな仲良くっていう」

身構える俺と鷹崎部長をよそに、士郎の口調は確かにいつもよりやんわりしていた。

眼鏡クイッもない。

けど、これはこれでドキドキするのは、やっぱり士郎だからかな？

俺は固唾《かたず》をのんで見守りに徹する。

「そうよ。何もこんなに小さいうちから優劣を付けさせたり、実感させる必要はないでしょう。君だって、駆けっこで何番とか、勉強で何番とか、決められるの本当は嫌でしょう？」

作り笑いではあったが、富山さんも一応は穏やかな返しぶりだった。

走り出した大翔くんを気にはしていたが、エイトやナイトと一緒に、楽しそうに緩く走っているだけだから、まあいいか——で納得したようだ。

「僕は正直言って、駆けっこは遅いです。運動会ではビリしかとったことがないですし、どちらかと言ったらチームのために点を取れたことがないです」

「そうなの？　だったら――」

「でも、周りのみんなは、最後まで走った僕を誉めてくれるし、チームメイトもゴールをしたら拍手をしてくれます。だから、もし大翔くんの足が遅くて、ビリになるのを心配して――って言うなら、そこは大丈夫だと思います。幼稚園の子たちも、みんないい子ですし。大翔くんがどんな結果を出しても、武蔵や七生も〝最後まで頑張ったね〟って、誉めることしかしないので」

士郎はとりあえず、富山さんが我が子の心配をして、こんなことを言い出しているのかな？　――という体《てい》で話し始めた。

ここは俺も確認したかったところだから、じっと耳を傾ける。

鷹崎部長も今後の子育てを考えてか、真剣に聞いている。

「――それは、あなたたちは優しいかもしれない。でも、中には一番以外はビリと同じだって思っている子もいるかもしれないし。一番を取れる子は、やっぱり下位の子を見下すでしょう。自慢に思うことがあれば、自然にそういう態度が出ると思うのよ」

この時点で、富山さんが過保護なのはわかった。

ただ、こういう発想が出てくるってことは、富山さん自身に嫌な思い出があるのかな？

大翔くんが以前嫌な思いをしたとか、それですごく悲しんだことがあるからということではなさそうだから――。

ここはすぐに士郎も気づいただろう。

けど、ちょっと考えた素振りをした。

「――でも、おばさんの言う通りにすると、例えば大翔くんが得意で、他の子よりもたくさん誉められるようなことがあっても、無視されることになりますけどいいんですか？場合によっては、わざと失敗するとか、やらないとか、そういうことを強制することになるんですけど、そこも承知なんですよね？」

そして、じわじわっと質問が始まる。

「え？」

「手つなぎゴールに限らず、子供達が優劣を感じないように、みんなで足並みを揃えるって、結局はできる子ができない子に合わせるってことになると思うんです。足の速い子がそうでない子に合わせるとか、歌の上手い子がそうでない子に合わせるとか。でも、これって、合わせる子も、合わされる子も、けっこうなストレスを感じると思うし、逆に争いの火種《ひだね》になるだけな気がしますけど。それでもおばさんは、みんな一緒で、みんな同じみたいなほうが、仲良くできるって思うんですか？」

富山さんは、立場を替えて例えた士郎の話に、一瞬戸惑いの表情を見せた。

でも、結局はそういうことなんだよ。

周りに同調を求めるってことは、自分の子にも同じことを求めて、させることになる。

一事が万事そんな調子になったら、逆にストレスだ。

子供の世界であろうと、大人の世界であろうと、いじめが発生するのは、だいたいこのストレスがきっかけだ。

ストレス自体の要因には、それこそ個人差はあるだろうけど、それをわざわざ親が我が子に作ってどうするんだって話だ。

「ちなみにおばさん自身はどうなんですか？　みんな一緒のほうが仲良くできる、差を生まないほうがいいって言うなら、周りの奥さん達にやることなすこと、足並みを揃えられるんですか？　それこそある日突然、旦那さんの役職や年収が新入社員と同じになっても、これでみんな仲良くできていいわね――って、心から喜べるんですか？」

――と、ここで士郎が急に突拍子もないことを言い出した。

おそらく「それとこれは話が違う」って言われるだろうが、士郎からすると、突き詰めれば、こういう話になるんだろう。

言わんとすることはわかるけど、それにしたって本人の足並みだけでなく、旦那さんの役職や年収まで引っ張り出すって――!!

まあ、栄転でここへ来たってわかっているから、あえての例え話なんだろうけど。

「それとこれでは、まったく話が違うでしょう。会社には勤続年数っていうものがあるのよ。仕事のできも全然違うし。同じになるわけないじゃない。おばさんは、こんな小さい頃から、同学年で差を付けるのはどうなのって話をしているんであって、何も年長さんと年少さんを一緒にって言ったわけではないのよ」

「それを言うなら、たとえ子供同士であっても、同じ年のほうがよっぽどストレスを感じますよ？　年の差っていう妥協点もなく、みんな同じにって言われたら、合わせる子はまだいいですが、合わせてもらう子はもっと惨《みじ》めな気持ちになりませんか？　もちろん、素直に喜べる子もいるかもしれませんが。あ！　それとも、記念に笑い話を提供ってことですか？　確かに、みんなで一緒にゴールしたよね――って、のちのちのネタにするのが目的なら、強烈な記憶になるとは思いますが」

「――っ!!」

そうして士郎はとうとう、この話自体を富山さんの捨て身のネタのように言ってみせた。

それも超わざとらしく、僕としたことが気づきませんでした。てへっ!!　って感じだ。

俺はもう、途中で口を挟むに挟めない。

（のちのちのネタって――士郎。でも、確かに実行されたら、伝説の運動会になるよな。

多分、こんな話が出たってだけでも、記憶に残るし。何年か経ったら、絶対に我が家では笑い話だ）

それにしても、やんわりした口調で、的確に富山さんを追い込んでいく士郎の真骨頂《しんこつちょう》を見た気がする。

そして、さすがにネタ扱いまでされると、富山さんは何も返せなくなっていた。

それにもかかわらず、士郎の手がここへ来て眼鏡をクイッと弄《いじ》る。

俺と鷹崎部長は、これに反応するように、背筋が伸びた。

「確かに子供にとって、得手不得手を知るのは喜びであったり、ショックであったりすると思います。けど、駆けっこを例に取るなら、そもそも走るのが好きな子もいれば、嫌いな子もいるんです。中には努力をして少しでも早くなろうと頑張る子もいる。走ること一つをとっても、個人差はあるんですから、本当に子供達を仲良くさせたいというなら、こうした個々の差や違いを埋めるのは、他人に対する思いやりの気持ちやリスペクトであって、大人からの強制ではないと思うんです」

しずしずと、そして淡々と、士郎の説得が続く。

「もちろん、大きくなるにつれて、嫌でも競争社会に馴染んでいかないといけないんだから、今ぐらいはっていうおばさんの気持ちもわからなくはないです。けど、少なくとも大翔くんは普通に運動会を楽しみにしているように見えますし、そのために努力もしようとしてますよね？　それなのに、おばさんは何が不満でこれを悪いことだって言うんですか？　おばさんは大翔くんから、頑張ろうって気持ちを奪うんですか？　三つ子の魂って言葉を使うなら、一生努力しなくてもいいやって子になっちゃうことのほうが、僕は怖いと思うんですけど」

「……」

富山さんも、自分の気持ちがわからないでもないと前置きされると、頭ごなしに持論を展開し続けるわけにもいかないみたいだった。

くっと唇を噛みしめる。

「お〜い！　どうしてそんなところにいるんだ。公園の前に居てって言ったのに、探しただろう」

——と、ここでいきなり男性の声が響いてきた。

振り返って確かめると、シャツにスラックス、薄手のジャケットを羽織った中肉中背の男性が、スマートフォンを片手に猛進してくる。

やっぱりこれから出かけるんだったのかな？　っていう格好もあり、すぐに彼が大翔くんのお父さんだろうことがわかる。

「ごめんなさい、あなた。大翔がお友達と会ったものだから」

「そうか。いつもお世話になっております。富山大翔の父親です」

旦那さんのほうは、四十代前後かな？

爽やかな笑顔とハキハキとした口調で、サービス業か営業部門みたいなタイプだった。

俺たちが引き留めてしまったから、時間を忘れていたのかな？

富山さんがハッとしたかと思うと、急に声が小さくなる。

まあ、それ以前に士郎が黙らせていたのもあるんだけど——。

俺は、すかさず前へ出て、旦那さんに頭を下げた。

「こんにちは。兎田と言います。弟たちが大翔くんと同じ幼稚園に通っていて。今、一緒に遊び始めていたもので」

「そうだったんですか」

「あ！　パパだ」

すると、丁度グラウンドを一周か二周してきたのかな？

頬を赤らめた大翔くんが、喜び勇んで寄ってくる。

充功たちも、鷹崎部長の後ろについて、揃って頭を下げた。

七生はちょっと疲れたみたいで、お座りをしたエリザベスの背中に抱きついて、休んでいる。

「大翔。勝手に遊びだしたら駄目じゃないか。昼ご飯を食べに行くって言っただろう」

「うん。でも、パパがお電話してたから、駆けっこの練習したの！　武蔵くんたちと運動会の練習！」

「大翔くん、駆けっこ上手だよ。早いよね、みっちゃん」

「そうだな。年少同士で走ったら、一番かもな」

大翔くんから話を振られて、武蔵と充功がにこやかに答える。

誉めてもらったからか、一瞬で大翔くんの顔がパッと明るくなる。

「パパ、僕駆けっこ早いって！」

「そうかそうか。頑張れよ。やるからには必ず一番になるんだぞ。どんなことでも、勝ち癖はつけておいたほうがいいからな」

「うん！　頑張る！」

旦那さんにしても、我が子が誉められて嬉しいようだ。

この辺りは、子供同士の誉め合いであったとしても、悪い気はしないだろう。

けど、なんか俺には引っかかった。

（勝ち癖？）

滅茶苦茶爽やかな笑顔で、大翔くんの頭をわしゃわしゃ撫でて、いいお父さんだな――って感じはするんだけど。

ただ、言葉のチョイスに関しては、これもまた個人差があるというか、普段からの口癖もあるんだろうけど、俺には微妙な言い回しに感じられたんだ。

そんなことを思っていると、士郎が富山さんを見上げた。

「おじさんのほうは、おばさんとは意見が違うみたいですけど？」

「そもそもあの人は一番以外は認めないから」

何の気なしに聞いただけだろう士郎に対して、富山さんがぼそりと呟いた。

（――え!?）

瞬間、俺と士郎は眉をひそめ、富山さんはなんとも言いがたい微苦笑を浮かべた。

「さ、行こう」

「――はい」

しかし、俺も士郎もそれ以上の何かを、富山さんから聞くことはできなかった。

「それじゃあね！」

「「ばいばーい！」」

「ばいちゃ～」

大翔くんとちびっ子達は、手を振り合って、この場で別れる。

充功はそれを確認すると、

「一休みしたら、今度はスタートの練習するぞ」

「はーいっ」

ちょっと本格的に、武蔵の駆けっこ練習を見始めた。

ちびっ子達の気が逸れたところで、士郎が俺に向かって苦笑いを浮かべてきた。

「――なんか。我が子が駆けっこでビリになったら傷つくからとか、そういう理由ではなかったっぽいね」

「うん。どちらかと言ったら、夫婦間の問題っぽい気がしてきた」

俺の中では、旦那さんが口走った「勝ち癖」って言葉と、今の富山さんの「あの人は一番以外は認めない」っていう言葉で、点と点が繋がった感じがした。

だからどうって言うのは、難しいんだけど。

どうして富山さんが、園に向けてあんな要望を出したのかな？　って考えたときに、原因はあの旦那さんの考え方のせいなのかな？　と思えて。

「でも、それならそれで、他人がどうこう言える話でもないよね。そうしたら、あとはアンケート次第で。園側の確認の仕方から言って、手つなぎゴールに賛成する親が、何人も出てくることは考えづらいけど」

「そうだね。そもそも基本方針がしっかりした私立だし、面と向かって園長先生が断っている限り、これが覆《くつがえ》ることはないだろうから――」

そうして士郎と俺の話は、いったんここで終わった。

鷹崎部長は終始黙って聞いていて、俺と目が合ったときには、「大事にならないといいな」って言うだけだった。

(子供の平等、公平か――)

でも、これに関しては、俺が感じていたことを全部士郎が言ってくれたので、ちょっとすっきりしていた。

あれらを聞かされた富山さんがどう思ったのかは、想像もつかなかったけど――。

5

ランチタイムを挟みつつ、日中は思い切り走って、遊んでをしたが、明日は学校もあれば会社もある。

鷲塚さんとナイト、そして鷹崎部長ときららちゃん、エンジェルちゃんは、早めの夕飯を済ませたところで、いったん帰宅した。

次にこちらへ来るのは金曜の夜になる。

鷲塚さんが、

「なんならきららちゃんとエンジェルちゃんは自分がこっちへ連れてくるから、その日は鷹崎部長とデートをしたら？」

――なんて言ってくれたが、そこは当日になってみないとわからない。

何せ、いつ残業が入るかわからないし、

「遅くなったときには、いつでも鷹崎さんのマンションに泊まってきて大丈夫だよ。大分七生も聞き分けがよくなってきたし」

父さんからもそう言ってもらったが、本当にこればかりは——だ。

それでも、いっそうフットワークが軽くなったように思う鷲塚さんの行き来を見ていると、家守社長の計画は大成功なんだろう。

そして、せっせと平日仕事をしている間に、鷲塚さんのところはフェンスで囲われ、そして三家の垣根には共通の出入り口ができて、週末には庭から行き来ができるようになるなんて、楽しみでしかない。

すでにトレーラーハウスにお邪魔させてもらっているだけで、グランピングをさせてもらっている気分なのに、ここからさらに景色が変わっていくのかと思うと、ね。


翌日——水曜日。

俺は行きの電車の中でスマホを手に、ヴィジュアルが解禁になったミュージカルの宣伝を見ながら、充功が着ることになるだろう「♪キャラ」の画像を改めて眺めていた。

身内贔屓《びいき》とブラコンは偉大なもので、見れば見るほど♪のかぶり物キャラに愛着が出てくる。他にもすでにアニメに出てきたかぶり物の敵役がいるので、ここに着目するファンは、よほどのマニアなようだ。

普段は見ないような記事に対する一般のコメント欄もチェックしたが、せいぜい、ミュージカル版専用の敵役がいるんだね――まんま♪だよ！　ぐらいなもので。

無名のMITSUGUという中の人にまでは、さして興味は向いていないようだった。

ただし、それは急な結婚引退で白猫ちゃん役が急遽代わったり、子役時代からそれなりに名前の知られたメンバーがメインキャラにいるせいもある。

いずれにしても、まずは注目を集めることが集客にも繋がるのだろうから、このまま何事もなく進んでいって欲しいなと思うのだった。

（それにしても、やっぱり飛び石連休って調子が狂う。今日から三日間仕事をしたら、連休なのは嬉しいけど。個人的には、そのあとの運動会に気持ちが先走っているせいか、落ち着かない。曜日感覚もなんだか狂っている気がする）

そうしていつものように、新宿駅のホームで境さんと合流をすると、その足で出勤。

会社の談話室で朝のティータイムを鷲塚さんや鷹崎部長を交えて過ごすと、そこからは気合いを入れて仕事だ。

俺はデスクで今日、明日の外回り予定を確認しつつ、そのトップにハッピーレストランの予定があるのを見て微笑んだ。

特に間が空いた訳ではないが、先週から月見山パンさんのことでバタバタしていたためか、もしくはトレーラーハウスでの泊まりで一足先にゴールデンウイークを楽しんだ気分になっているからか、すごく久しぶりな感覚になっていたからだ。

（さてと。最初のハッピーアポまでには余裕があるから、新規開拓を兼ねて町中の視察をしてみよう。ネットでいろいろ検索はしたけど、繁盛具合や流行は実際に見ないとわからないし、印象が違うからな）

ただ、外回りの準備をして席を立ったときだ。

「兎田！　ちょっといいか」

「はい！」

突然名前を呼ばれたかと思うと、鷹崎部長のほうから足早に寄ってきた。

俺が席まで呼ばれるならわかるけど、これは一分一秒を争うようなことだろうか？

「月見山パンでカエル運送のドライバーとやり合ったたって話は、月曜だけだよな？　他にはないよな？」

俺の側まで来ると、鷹崎部長が確認をしてくる。

背後には野原係長も付いてきていて、デスクの周りでは、先輩達がぎょっとしている。

「――はい。え？　もしかして、カエル運送からクレームがきましたか？　やっぱり社長の息子さん相手に、喧嘩を買っちゃったのはまずかったですか？」

「いや、クレームはカエルのほうからじゃなくて、工場長からだ。今、電話があって〝なんの権限があって、勝手に搬送会社の変更をしたんだ。確かに今回のミスは痛かったが、それでもカエル運送の社長には、昔から無理を聞いてもらって、こっちは持ちつ持たれつって関係があるんだぞ〟と、ガンガンに怒鳴《どな》ってこられて」

「え？　工場長から？」

一日、間を挟んでいたからか、すっかり頭から抜けていた。

どうやらカエル運送から工場のほうへ連絡が行ったようだが、意味がわからない！

配送会社の変更って何？

そんなこと、こっちでできるはずがないのに――まさか、月見山パンさんからの依頼でとかってことはないよな？

そもそも配送会社の手配や契約なんて、各工場が手配するか、もしくは本社からの通達じゃないの？

いくら東京支社の管轄工場のこととはいえ、できることとできないことがあるってことくらい、工事長ならわかりそうなものなのに？

――ってことは、場合によってはこっちで勝手に、配送会社をチェンジできるってことなの!?

「月曜の段階で、そんな話はしていないよな？　俺も寝耳に水だし。工場長にも、兎田に限って、そんな管轄外の話をするはずがないと説明したんだが。とにかく、カエルの社長から土下座の勢いで〝契約を切らないでほしい〟と謝罪をされたらしくて。それなら営業のほうで、そう思われるような言動をとったんだろうって。言いがかりもいいところだ。工場長からすると、先にカエルの内情は説明しといただろうってことらしいが、それと何の関係があるんだって話だしな」

——いや、そうじゃない？

いざって時——例えば、よっぽど失礼な配送で、取引先からの強い希望があるとか——には、営業からも変更要請ができるだろうってことはわかった。

けど、山貝さんはそんな話はしていなかったし、これってどう考えてもカエル運送側の勘違いだよな？

ただ、それならどうして、俺のいる営業部に言ってこないんだ？

確かにあのとき、俺は名刺を返してもらった。

けど、連絡先なんていくらでも調べようがある。

言い方は悪いけど、付き合いが長くて、事情通な工場長へ泣きつくことで、便宜《べんぎ》を図ってもらう気満々にしかとれない。

そのために、鷹崎部長が工場長から怒鳴られるって、どう考えたっておかしいじゃないか！

そもそも俺に喧嘩売った本人は、何をしてるんだ？

社長とか工場長とかどうでもいいから、今更喧嘩を売ってやばいと思ったんなら、本人から直接俺に言って来いよ、腹が立つ！

「――まあ。これに関しては、カエルの息子が兎田とのやりとりを社長に報告するときに、変な盛り方をしたか、悲観的になって話したかってところだとは思うが。なんにしても、一方的にこっちのせいにされるのも納得がいかないから、今から話をしてくる。それで、確認を取りたかっただけだ。悪かったな、引き留めて」

「それでしたら俺も同行させてください。そして、蛙田さん本人にも来てもらってください。あのときのやりとりから、いったい何をどうしたらそういう話になるのか。俺の言葉の何からそんな誤解をされたのか。今後のこともあるので、きちんと聞いておきたいです。それこそ、工場長や社長さんも同席のところで」

俺は、自然修復されていた堪忍袋《かんにんぶくろ》の緒《お》が、改めてプッツーンと切れていた。

これじゃあ、鷹崎部長に八つ当たりをしていると思われても、不思議がない。

それくらいの勢いでまくし立てている。

野原係長が、慌てて俺の背後に回って、「落ち着け、兎田」と囁いてきた。

しかし、俺にまくし立てられた鷹崎部長はと言えば、むしろニヤリだ。

なんだか、昨日の七生を見ているようだ。

眼が、その口元が、「目に物見せてやる」って語っている。

これに関しては工場長が一方的に、それも相当な剣幕《けんまく》で話してきたんだろう。

せめてこちらに事情を聞くところから始めてくれたら、また違っただろうに――。

工場長もカエルの社長と息子も似たり寄ったりなのか、喧嘩を売る体質みたいだ。

「わかった。なら、同席させるように言っておく。が、外回りの予定は大丈夫なのか？

工場まで行って話をするとなったら、午前中いっぱいはかかるぞ」

「はい。大丈夫です。今日は午後一でハッピーレストランからのスタートだったので、今から工場へ行っても、ランチタイムで移動ができれば間に合いますので」

「わかった。なら、その予定厳守で話を付けに行こう」

「はい」

こうして俺と鷹崎部長は、都下にある工場へ向かった。

得意先へ行くなら電車が一番の時間帯だが、工場だけに最寄り駅からの距離がある。丁度社用車の空きもあったので、ここは車移動になった。

最初は鷹崎部長に助手席へ乗ってもらい、俺が社用車のハンドルを握ることになるのかな？　って緊張したが、今は急ぎだ。

ここは鷹崎部長の運転で向かうことになった。

そして俺はこの移動の間に、ひとつだけ鷹崎部長にお願いをした。

「俺に兎田の保護者役？」

「はい。昨日の士郎の話ではないですが、俺がギャーギャーやる分には、まだ会社同士でどうこうってことにはならないと思うんです。実際、蛙田さんと話をするつもりですし、工場長や社長さんには、謝罪や経緯説明を求めるつもりもありません。ただ、鷹崎部長が出たら、それは第一支社営業部として工場やカエル運送に話をすることになります。そうなったら、カエルの社長さんは生きた心地がしないと思うんですよ」

まずは俺と蛙田さんで話をさせてもらうこと。

鷹崎部長にはそれを見守り、俺が暴走しかけたら止めてもらうことだった。

「それなら子供の喧嘩は、子供同士で解決するほうが大事にもならない。それでも、もしかしたら、今の蛙田さんにとってはパワハラに感じるかもしれませんが、鷹崎部長が俺を窘《たしな》めてくれる分には、まだ最悪な事態は回避できると思うので」

ただ、難癖を付けられたことが発端と考えれば、俺のほうが被害者だ。

それにも関わらず、気を遣う理由は、俺の勤め先そのものだ。

カエル運送の社長の反応を見てもわかるように、俺がどんなに営業部ではぺーぺーだと言っても、それ以前に西都製粉という世間から見たら大企業の看板であり盾《たて》がある。

だからこそ社名に傷を付けないようにって、日々心がけて仕事もしているが。

相手によっては過剰にへりくだったり、圧《あつ》を覚えたりで、パワハラみたいな受けとり方をされかねない。

それこそ、俺が相手でもこうなんだから、鷹崎部長が出て行った日には――ってことだ。

だからといって、蛙田さんのように、勝手に逆ギレして向かってくるって、どうなんだよ!?　とは思う。

それでも相手によっては、被害妄想全開で卑屈《ひくつ》になんて場合もあるから、それよりはまだマシだったのかもよ――なんて、野原係長には言われたくらいだから、世の中には本当に面倒くさい人が多いんだろう。

ただ、そういう人から見たら、間違いなく俺も面倒くさい人間だとは思うけどね！

「――わかった。なら、この話は兎田に、まずは当人同士に任せよう。工場長たちにも、そこは納得してもらうようにする」

「ありがとうございます」

そうして工場に着く前に、鷹崎部長は俺の考えを理解し、納得してくれた。

「いや――。俺が工場長とカエルの社長を相手にしたら、確かにその時点で当事者の入る隙がなくなる。圧もかけることになる。かといって、工場長がムキになって俺に絡んでくるほど、もともとカエル社長との関係が良好だったのなら、それはそれでいいことだ。だから、勝手な早とちりで二度と俺に喧嘩を売るな――くらいは、言わせてもらうと思う」

駐車スペースに車を止めて、工場内へ移動するときには、鷹崎部長自身の考えや方針もきちんと説明してくれた。

「ただし、そこはあくまでも個人的に。飲み会を機に、プライベートの連絡先も交換しているから、退勤《たいきん》してからでもな」

しかも、どうりで七生のニヤリに似ているはずだよ！　ってことも話してくれて。

〝だからお前も、安心して話してこい！〟

――みたいな笑顔もくれた。

（鷹崎部長ってば、いつの間に工場長と！）

でも、支社と管轄工場の仲が良好なのに越したことがない。

ましてや直接商品に関わる部署のトップ同士だ。

プライベートタイムに話ができるくらいの関係や距離感ができあがったのは、会社にとっては何よりだろう。

（あ、でも――だからかもな。いきなり工場長が電話でガーガーやってきたのって。これまでなら先手必勝みたいなマウンティングを感じたけど、今回に関してはある程度話ができる関係になったから出た甘え――みたいな。それこそ、七生と獅子倉さんくらいの関係ができあがってきたから、鷹崎部長もあそこであんな悪い顔を見せたのかも）

とはいえ、自分で想像したくせに、俺は鷹崎部長たちを七生たちに置き換えて想像したところで、吹き出しそうになった。

危うくここまでに作り込んできた緊張感も何もかもが、吹き飛ぶところだった。


工場の入り口で受付に声をかけると、俺たちは多目的ルームに案内をされた。

八畳間くらいの一室には、大きな窓とテーブルに十脚ほどのチェア、あとはホワイトボードが置かれている。

そこには工場長とカエル運送の社長、そして俺たちより少し前に到着したらしい事務員の女性と蛙田さんがいた。

聞けば、事務員さんは社長の娘さんで、蛙田さんのお姉さんとのことだった。

見た感じ、二十代半ばから後半くらいかな？

長い髪を後ろで一つにまとめた、おとなしそうな印象の女性だった。

けど、必要以上にかしこまって見えたのは、鷹崎部長に見とれていたからかな？

まあ、それは仕方がない。

部屋の中へ入ったときには、すでに鷹崎部長は表情を変えていた。

俺に対して「好きにしていい」と許可を出した分、その責任者としての顔つきになっていたのだが、これが同性の蛙田さんまで目を見開くほどのインテリイケメンだ。

その上、肩書き通りの威厳も満載な訳だから、社長さんは頬を引きつらせている。

工場長に至っては、過去に自分がタイマン？　をしたときのことを思い出したのか、かなり顔をこわばらせている。

この時点で、いきなり喧嘩腰で電話したことを後悔していそうだった。

「この度は、弊社《へいしゃ》の者が大変な失礼を。本当でしたら、すぐにでもお詫《わ》びに伺わなければいけなかったのに。本日になってしまい、申し訳ありませんでした。どうか、契約の方だけは、これまで通りで――」

カエル運送の社長さんは、娘さんと息子さんを従えて、まずは深々と頭を下げてくれた。

俺や鷹崎部長も一礼をする。

その上で、鷹崎部長は先ほどの「まずは当事者同士で」と話を振ってくれた。

俺は、それこそ昨日の士郎を思い起こして、極力穏やかな表情と口調を心がけた。

もっとも、この状況だと、これでも十分圧になりそうだったけど――。

「ご丁寧にありがとうございます。しかしながら、私がここへ来たのは、社長さんに謝っていただくためでも、今後の契約の話をするためでもありません。どうして、一個人の口喧嘩にも満たない程度の言い争いから、こんな事態になっているのか、まずはそこを説明して欲しいからです」

テーブルに着いた俺の対面には、右から工場長、社長、娘さん、蛙田さんの順で座っていた。

俺は蛙田さんの前に座り、鷹崎部長はあえて席を二つ飛ばして、工場長の前に腰を下ろした。自分は話に介入しないことを暗黙のうちに示しつつ、工場長にもそれに同意させるような形だ。

「私は月曜日に、確かに蛙田さんから意味のわからない態度を取られて、腹を立てました。

今考えても、何かの八つ当たりをされたとしか思えない内容です。なので、大人げないとは思いましたが、言い返しました。仕事とは別に、個人的に腹が立ったので、ちょっと説教じみたことも言ったと思います」

蛙田さんは肩をすくめて、俯いたままだった。

ここへ来る以前にも、相当絞られたのだろう。

今は黙って俺の言い分に耳を傾けている。

「ですが、それだけです。会社同士の契約話に関わるような話は、一切していませんし、そもそも私にそんな権限はありません。これに関しては、普段から直接やりとりをしている工場側の権限なので、そこに営業部が介入することもありません。これは、うちの鷹崎も同意見です。それにも関わらず、話のどこでそんな勘違いをされたのか、そこから説明して欲しいです。蛙田さんは、どういうふうに私とのことを話したんでしょうか？」

「――いや。いいえ、それは……あったことだけしか」

俺から問われて顔を上げると、蛙田さんは説明に困りながらも、首を横に振った。

この時点で、彼が話を盛った訳ではなさそうだ。

ということは、社長が先走ったってことかな？

俺の視線が社長へ向くと、同時に工場長が身を乗り出してくる。

「兎田。怖い顔で、そう責めるな。蛙田社長からすれば、自社のミスを謝罪に行った先で、鉢合わせした営業担当者ともめたって聞いたら、それだけでもぶっ倒れるレベルだ。その上、交換した名刺を取り返されたって言われたら、そりゃもう切られるって思っても、仕方がないだろう」

鷹崎部長が止める間もなく、工場長が社長をかばった。

言動から「ここは俺の顔も立てろ」と言いたいのはわかるが、これだと勘違いさせたのが俺のせいってことにならない？

さすがにそこは納得ができない。

俺は、あの名刺ヒラヒラを笑って見送れるほどできた人間じゃないし、名刺を返してもらったのは、西都製粉の社員としてのプライドであり愛社精神からだ。

だいたい、あんなの工場長がやられたって、俺と同じことをするだろうに！

いや、その場で倍返しするって！

「それならこちらに問い合わせるなり、謝罪があってしかるべきですよね？　直接俺に連絡をしてもらえれば、少なくとも工場を巻き込むことなく、誤解を解くこともできましたし。何より、営業部が工場から越権《えつけん》行為を勘違いされて、怒られる必要もなかったはずです」

俺も負けじと身を乗り出した。

「それに、工場長。そもそも、これまでのよしみで蛙田さんから頼られたのなら、そういう立場でこちらに確認を取ってくるのが筋じゃないんですか？　それを頭ごなしに〝何してくれてるんだ〟って、言いがかりとしか思えません」

「……っ、それは俺と鷹崎の関係ありきで」

「そんな個人的なことは知りません。でしたら業務時間外のやりとりにしてください」

「っ……っ」

あまりに俺が真っ向から言い返したからか、工場長の目がちょっと泳いだ。

それこそ鷹崎部長に「お前の部下だろう。どうにかしろ」的な視線だ。

けど、鷹崎部長は俺が話し始めたときから、窓の外を眺めている。

今も外を横切る鴉《からす》を見ながら、工場長のアイコンタクトはガン無視だ。

こんなときに工場長が「関係ありき」なんて言うからだろう。

付き合いが浅いとは言え、鷹崎部長の性格を舐《な》めすぎだ！

そもそも「ここは二人の話を見守るぞ」って前打っているのに、それを無視して介入した挙げ句に、鷹崎部長にまで同意を求めるから、こういうことになるんだ。

だいたいからして、今日の鷹崎部長は俺の保護者だ！

昨日今日アドレス交換をしたくらいの関係で、言うことを聞いてくれるなんて、思うほうが厚かましい！

「俺みたいなぺーぺーが、こんな言い方をするのも、抗議そのものをするのも、失礼だってことは承知してます。ですが、蛙田さんがどういう説明をして、それを聞いた社長さんがどう誤解されて。なおかつ工場長まで、そのままの勢いで抗議をしてきたのかわかりませんが、ここで俺が腹を立てなかったら、うちの誰が腹を立てられるんですか？　そうでなくても、一度は営業側にまでお気遣いなくと言って済ませようとしたのに、どうせ怒る価値もないんだろうって、ふて腐れて、逆ギレを食《く》らったのはこっちですよ？」

俺は、話し合いとは全く関係ない部分で腹が立ったせいか、昨日の士郎を見習うどころか、充功が危惧した沸点の低い俺と化していた。

これこそ蛙田さんにとっては、八つ当たりもいいところだが、それでも事の発端は彼だ。カエルと工場側の失礼を、俺の失礼で帳消しにするくらいは怒っても、まだセーフだろう。

むしろここで俺が怒らなかったら、変な上下関係や気がかりだけが残る。

「だから俺は、わかりやすく怒ったんです。そして今も怒ってます。営業部に所属する兎田寧にとって、真剣に気持ちをぶつけるべき相手だと思っているからです。それこそ、これが一個人の話なら、ため息一つでなかったことにできますよ。今後、関わらなければいいだけですから」

「兎田」

すると、ここで鷹崎部長から待ったがかかった。

（あ……。しまった）

さすがに個人の話でも、「関わらなければいい」は暴言だ。

俺は「すみません。言葉が過ぎました」と、謝罪した。

ただ、俺が頭を下げるところまでいったことで、内容はともかく、喧嘩両成敗には近づけたはずだ。

あとはどう収拾を付けるかってことになるけど。

「本当に、何から何まで、すみませんでした。兎田さんには、一番大変なときにドライバーの心配をしていただいて、まずは安全を最優先にとまで言っていただいたのに――」

すると、ここでお姉さんのほうが声を発した。

どうやら、最初に俺が月見山パンさんで事情を説明してもらったときの電話の相手、それがこの女性だったようだ。

あのときは、事態を把握していなかったのか、けっこうのんびりした対応をされて、激怒しそうなところをグッと堪《こら》えた覚えがある。

この上、変に慌てて二次的な事故が起こってもと考えたのはあるが、それ以外に言い様がなかったというのが、正直なところだ。

「――!?」

けど、お姉さんの言葉に、蛙田さんが反応した。

「説明したでしょう。あの日、荷物を運び違えて、車も全部出払っていて。でも、私自身も夜までに届ければどうにかなるって思い込んでいて――。そういう返事をしてしまって。けど、本当はそれじゃあ、間に合わなくて。危うく月見山パンさんのラインを止めるところだった。それこそ、その場で怒鳴られても当然だった状況の中で、兎田さんは我慢して、うちの心配をしてくれたのよ。ドライバーが焦って、事故でも起こしたら大変だからって。ようは、あんたの心配をしてくれたの！　それなのに、そんな相手に逆ギレしたとか、意味がわからないわよ」

なんだか急に蛙田さんの顔つきというか、姿勢が変わった。

それこそ、まっすぐに俺を見てきて、席を立ったかと思うと、改めて身体を深く折り曲げて頭を下げてくる。

「……すみませんでした。姉からこの話は聞いていました。ただ、勝手に電話相手は、もっと年上のベテラン営業マンなんだろうなって思い込んでいました。けど、月見山パンさんで会ったのは、兎田さんで。今日に限って、違う人が来たのかって、勘違いをしていました。それこそたまたま代わりに来たか、担当者二人のうちのもう片方が来たのかって。それなのに、誠心誠意謝って、礼まで言わなきゃいけないのかと思ってしまって」

どうも、話を取り違えたり、そこへ勝手な解釈を乗せるのは、似たもの親子ってことなのかな？

おそらくは――だけど。あの場に現れたのが、もっと年上のベテラン社員だったら、素直に謝罪も感謝もできたってことだろう。

それが、たまたまやってきた世話にもなっていない若造に――って、目の敵《かたき》にされたわけだ。

仮にそうだとしても、取引先の社員であることに変わりはないんだから、謝っとけよ！って話だけど。

それができたら、そもそもこういうことにはなってないって話で――。

俺は、知れば知るほど唖然とさせられた。

「しかも、目の前に現れた兎田さんがすごく生き生きとしていたものだから。きっと、何の苦労もなく、順風満帆な人生を送ってきて――。だから、こうして笑っていられるんだろう、俺に余裕な態度も取れるんだろうと思ったら、腹が立ってきて……」

そして、妙な思い込みに、自身の身の上話が重なると、こういうことになるのか——と思わされる。

（いや、ならないだろう！　普通は!!）

何をどう良いように考えても、俺はもらい事故に遭ったような気がしてならない。

そしてこの辺りは、鷹崎部長も同じかな？

工場長にいたっては、まさか、ここまで立派な言いがかりで俺が怒ったとは、思っていなかったんだろう。滅茶苦茶「申し訳ない！」「俺が悪かった!!」と言わんばかりの眼差しを向けてきた。

「——けど、さすがに怒り返されて。実はそうじゃないって。兎田さん自身から、高卒入社だって言われて。しかも、自社へ戻ってから、山貝さんから連絡をもらって——。あそこで兎田さんが言い返してくれなかったら、もっと大事《おおごと》になるところだったんだから、本気で反省して謝罪しないと駄目だよって諭《さと》されて」

しかも、ここで初めて山貝さんがフォローしてくれていたことを知らされた。

巻き込まれた、もらい事故だというなら、月見山パンさん以上の被害者なんていないのに！

俺は、今日にでも連絡をして、改めて直接お礼を言わなければ！　と思った。

「そして、そのときに、兎田さんが高卒で就職したのは、そもそも下に六人居る弟たちを食わせるためだって教えてもらって――。年上でもなく、自分と同じ年だって聞いて、膝から崩れ落ちるくらい驚いて……。すみませんでした！　完全に、八つ当たりでした。自分でも納得して、大学を中退して、家業に入ったのに。まだ、気持ちのどこかで悔《く》やんでいて――。そのせいで……。全部、俺の至《いた》らなさでした」

けど、ここまで洗いざらい心情やその経緯を説明されたら、今頃気にかけてくれているだろう山貝さんにも、きちんとした報告ができるかな？

一番いいのは、おかげさまで和解できましたって言えるのがいいんだろうけど。

「それで、改めて謝罪をするのに、父親に相談しました。そうしたら、滅茶苦茶怒られて。営業マンが一度出した名刺を取り返すって、どういうことなのかわかっているのかって。そもそも、うちの仕事の何割が西都製粉からのものなのか、わかってるのかって泣かれてしまって――。俺が直接謝罪したいと言っても、もうそんな次元じゃないって。結局、父親が工場長さんに相談する形で謝罪をしたら、こんなことに――」

ここまで話を聞いたら――。

俺は、少なくともカエルの社長さんが、どんな気持ちで俺が名刺を取り返したのか、理解をしていたから、契約を切られるまで考えたってことだけは、納得ができた。

同時にカエル運送の、そして社長さんの立場だからこそ、息子がしでかしたことは、それほど失礼極《きわ》まりないって判断をした。

そこは彼が、自身が身につけている制服にも、エンブレムにも、責任を持っているからこそだろう。

「本当に、俺が子供でした。たとえ学生気分が抜けていなかったとしても、すでに二十歳を越えた成人なのに、責任感も全然なくて。ごめんなさい。ご迷惑ばかりおかけして、申し訳ありませんでした‼」

蛙田さんは、今一度深く謝罪をしてくれた。

「いえ……。俺も、一度渡した名刺を引っ込めるってことが、どういうことなのかを、改めて考えさせられました。これに関しては一営業マンとして、軽く考えすぎていました。申し訳ありません」

俺も席を立って、頭を下げて謝罪した。

すると、これには鷹崎部長も同意だったようで、一緒に立って謝罪をしてくれた。

その上で、「今後はこのような誤解を招くことがないよう、部内でも話し合います」と言ってくれた。

当然、これにはカエルの社長も大慌てだったが、

「いいえ。社長が私達の仕事に十分なご理解があることを、今回改めて知ることもできましたので――。今後ともよろしくお願いします」

そう言って部長が笑ったところで、今回の話はお開きになった。

工場長やお姉さん、そして蛙田さんも、ようやくホッとしたような顔になっていた。


話が一段落すると、俺は予定通り、工場からハッピーレストランの本郷常務のもとへ向かった。

このままランチ抜きで移動することを知っていた鷹崎部長は、最寄り駅まで送る途中にコンビニで何か買ってくれようとしたけど、そこは「まだ、お腹も減ってないので」と、感謝しつつも断った。

それでも短い移動の中で、

「勉強になったな。名刺の扱いに関しては、本当に俺も気をつけないと」

「――はい」

なんて話もした。

ただ、そうは言っても、俺にはああしたときに、名刺を奪い返す以外の何ができるのかは、わからなかった。

同じことが起これば、やっぱりまた俺は奪い返してしまうかもしれない。

ただ、こんなことに次があって欲しくはないが、万が一あっても、そこで話を終わりにすることはないだろうと思った。

上司に報告して終了＝《イコール》安心ではなく。

その後も改めてこうした話し合いは不可欠なのだということを、今回のことで学んだから。

そしてそれは、鷹崎部長も同じだってふうに、言ってくれたら――。

＊　＊　＊

その日は午後一からハッピーレストランの本郷常務と、真面目な仕事話の他に、充功の舞台の話をした。

本郷常務の甥っ子さんが、現在充功が仮所属という形を取らせてもらっている劇団〝来夢《ライム》来人《ライト》〟のスカウトマンであり、ダンス講師でもあるから、何かと充功の世話を焼いてくれている。

そもそも充功をスカウトしたのが、この本郷さんということもあり、オーディションを受けるとなったところから、マネージャー的なことを引き受けてくれているんだ。

そんな繋がりもあるので、本郷常務も充功のことに関しては、情報通だ。

士郎ともたまにメール交換をしているみたいで、いつの間にかうちの裏を鷲塚さんのお父さんが買い上げて、トレーラーハウスがドドンと置かれていることまで、知っていた！

もはやプライベートも筒抜けだ。

隠すつもりもないけど、それにしたって本郷常務が「いつも可愛いね」と見せてくれたスマートフォンの待ち受け画面が、ちびっ子モモンガたちのピース写真になっていたところで、俺は午前中にあったことが一瞬で吹き飛んだ。

（誰が送ったんだ？　充功から本郷さん経由？　士郎がダイレクト？　もしくは、双葉から隼坂くん部長経由？　ルートが多すぎて、逆に見当が付かない！）

けど、これはこれでありがたいのかな？

本郷常務に作り笑いは通用しないし、内心とはいえ、本気で笑ってしまったから！

「そういえば、兎田くん。こんな時間だけど、もうランチは済んだのかい？」

しかも、午後一のアポだったところで、ランチタイムが移動時間になっていたことはお見通しだったのかな？

「いいえ。このあとの予定です」

「そう！　そうしたら、申し訳ないけど、これでお腹を満たしてもらえないかな？　冷凍食品の試食なんだが――」

何の気になしに返事をしたら、レストランのランチ仕様のトレイが、待ってましたとばかりに出てきた。

（これって、食育フェアの冷凍通販？）

無農薬野菜と魚介たっぷりのパスタに海藻《かいそう》サラダとコーンスープ。

これだけでも急に食欲が戻ってくるのに、デザートにはクレームブリュレ。

すでにお冷《ひ》やとアイスコーヒーは出してもらっているので、そのままお店で食べるのと変わらない。

むしろ、ここを出たら市場調査をかねて、立ち食いのうどん屋さん――なんて思っていたのに、とんでもないご馳走《ちそう》だ。

「――っ。申し訳ありません。いいんでしょうか？」

恐縮しつつも、まったく断る気がないのが、きっと笑顔に出ている俺。

「かまわないよ。隼坂《はやさか》部長が率直な意見が欲しいそうでね。ただ、アンケートもよろしくと言っていたので、手間をかけさせてしまうが」

「とんでもない！　ありがとうございます。いただきます」

本郷常務は笑いながら勧めてくれたし、本当にアンケート用紙も出してきたから、ここは心から感謝して、いただくことに。

（鷹崎部長、ごめんなさい！　会社に戻って、ちゃんとご飯は食べられてるかな？）

俺は自社で卸《おろ》している〝雪の穂〟のブレンド粉の風味や、また歯ごたえ、喉ごしを感じながら、ファミリーレストランの冷凍通販とは思えないクオリティのパスタランチを堪能《たんのう》した。

（野菜も魚介もレンチンとは思えない。具材の選択も冷凍に適しているんだろうけど、調理に使用されているオリーブオイルの効果も関係しているのかな？　なんかこう、魚介の弾力を守ってる？　みたいなものを感じる）

ただ、いろんな良さを感じる中でも、やっぱり粉の風味が素晴らしかった。

これこそが〝雪の穂〟の底力だ。ブレンドであっても特徴を感じるし、こうしたブレンドの黄金比をたたき出した鷲塚さんの開発力に改めて敬服《けいふく》する。

（――でも、そうだよな。冷凍食品の勝負は、やっぱり解凍時の味や食感だよな。うちですでに出している麺類も美味しいけど、これから出すってなったら、さらに美味しいと感

じるか、既存品にはない特徴が必要になる)

アンケートに答えるべくじっくり味わうも、脳内では〝97企画〟のことが巡る。

(鷲塚さんが新しい麺の開発にこだわりたいっていうのは、こうしたことまで含めた意気込みなんだろうけど。本当に、発売目処《めど》にした夏はきっとあっという間だ。リフォームにしても、ミュージカルにしても、今夏は忙しいな)

「ごちそうさまでした。美味しかったです」

「それはよかった」

俺は、出してもらったランチを完食すると、その後は思いつくまま、感じたままをアンケート用紙に書いていった。

そうする間にも、空いた食器が下げられて、代わりの紙袋? が用意される。

(アンケートなのに、匿名《とくめい》じゃないって、緊張するな。こうなったら、文責《ぶんせき》ってことで、名前も書いておこうかな)

とはいえ、俺の回答だけに、文章の大半が麺に関する感想になった。

基本は選択で一から五までに○を付けるみたいな感じだったが、やっぱり制作側として一番欲しいのは「その他にお気づきになったこと」欄だろうと思い、書けるだけ書いてみた。

「──こちらでいいでしょうか？」

「ありがとう。というか、さすがは製粉会社の営業マンという回答だね。特に、粉の味に対する意見が分かりやすい」

　どうやら喜んでもらえたかな？

　本郷常務がざっと目を通しながら、微笑んだ。

「入社以来、社内割引で自社製品を食べまくっているので」

「なるほどね。あ、そうだ。これを試食のお礼に、子供たちへ」

　準備されていた、手提げの紙袋が渡される。

　子供たちへと言われたので、俺はここでも遠慮なくいただいてしまう。

「──これは、ドールハウスのアイテムですか？」

　なんとなく予想はできたが、紙袋の中には現在ハッピーレストランが展開中のフェア、一食につき誰でももらえるドールハウスの家具アイテムが入っていた。

　折りたたみの紙製ルームのほうは、ハッピーレストランのカードやアプリを使って、会計ポイントを溜めていくとレジでもらえることになっている。

　ただ、このルームも家具もかなり凝《こ》っていて、種類が豊富だ。

　フェアは今のところ第六弾まで設定されており、夏まで続く長期のもの。

これが、半月ごとに家具が変わって、最初が子供部屋？　寝室？　みたいなところからのスタートだった。

一人で一部屋を完成させるには、月に一度か二度行くことになるかな？

家族で行くなら一度の食事でも、それなりに揃う。

なので、我が家で出かけた場合は、一回の食事でも二室から三室分は揃う上に、職場でも「弟さんへ」ってくれたりするから、最初の第一弾目にして、子供部屋ばかりが複数完成した。

そこへ双葉や充功の友人達まで譲ってくれるので、今の時点でもシェアハウスか合宿所かって状態だ。

士郎の提案で、二階の子供部屋の一角には、専用スペースが設けられたほどだ。

「先週末から配布されたキッチンシリーズと、その次のリビングシリーズだよ。同僚や弟くんたちのお友達が、こぞって譲ってくれることは耳にしているが。結果、士郎くんが壮大なハウスを作ることになったと聞いたら、やはりうちからも――と、制作チームが準備していてね」

「そうなんですね。ありがとうございます。弟たちも喜びます」

それでも、士郎が全力でマンションレベルのドールハウスを目指すらしいので、ちびっ子達はウキウキだ。

俺もどんなものができるのか楽しみだし、こうして仕事の合間に、本郷常務と共通の話題ができるのも本当に助かる。

下手な世間話になるより、平和だし内容も安心だからね。

「ちなみに冷凍の試食品は、先日のお礼に隼坂部長が持参するそうだから」

「お礼、ですか？」

「接待の帰りに、偶然会った兎田さんに、車で自宅まで送ってもらったからと、張り切っていたよ」

「――ああ。そんな、かえって申し訳ない」

ただ、隼坂部長と父さんの話が出た瞬間、俺は双葉と隼坂くんの交際がばれるのが、けっこう秒読みに入ってきた気がして、胸がドキドキし始めた。

少なくとも隼坂部長は、隼坂くんが双葉を好きだということは知っていて、陰ながら応援している。

その気持ちが先行してしまったのか、父さんが車で送っていったときに、車内で今時の同性恋愛事情がどうとかって話題をふったようだ。

そのため、父さんまで「ん!?」となった。

そうでなくても、双葉は隼坂くんのことが好きなのかな？　くらいは勘ぐっていたらしいのに――。

まあ、すでに交際していることがバレたところで、両家の父親は賛成するだけだから、そこはいいんだけど。

でも、充功や士郎は、さすがにまだ気づいてはいないと思うから、やっぱりばれるにしても、受験が落ち着いてからのほうがいいような気はする。

受験があるのは双葉だけじゃない、充功もそうだから――。

そして充功本人は認めたがらないだろうが、ああ見えてブラコンが強いのは初めての弟・士郎に対してだけじゃない。しょっちゅう絡むし、一番喧嘩もするけど、なんだかんだで兄である双葉へのこだわりも、それ相応のものがある。

少なくとも、双葉の学費のために、芸能界で稼ぐって普通に考えるし。中学の制服にしても、双葉のお下がりを一年着て、二年からは双葉がバイト代で買ってくれたものをかなり大事に着ているくらいだから。

（――あ、なんか俺。うっかり、気づかなくてもいい問題に、気づいてしまったかもしれない。隼坂くんにとって一番のハードルって、実は充功かもしれない）

俺は、本郷常務の前だというのに、一瞬意識がどこかへ飛んだ。

「まあ、彼からしたら、いいこじつけができたってことだろうから。ただし、アンケートは入っているかもしれないけどね」

「――あ、はい。そこはみんなで協力し合いますので」

「心強いよ。ただし、士郎くんには、お手柔らかに願いたいけどね」

すぐに現実には戻ったし、本郷常務から変に思われることもなかったが、しばらくは気が気でないな――と感じた。

(でも、こうなってくると、士郎に好きな人ができたときって、樹季が七生状態になるってことだよな？　そう考えたら、樹季に好きな人ができたときが、一番平和なのか？　さすがに武蔵が七生ほどの反応を示すとは思いづらいし――)

しかも、そこからさらに、今考えたところで、どうにもならないだろうことまで想像してしまい。

これをメールで送ったら、鷹崎部長には大笑いされてしまった。

6

水曜の半日で三日分は疲れたと思うが、その後に向かったハッピーレストランでもらった英気《えいき》、元気、お土産はすっかり俺を生き返らせてくれた。

「わ！　ドールハウスの新しい家具だ！」

「冷蔵庫とレンジとコンロ？　すごいよ、しろちゃん」

「――うん。シンクと食器棚もある。立派なキッチンだ」

「こっちのリビングセットも、けっこうやばいぞ。三人掛けのソファにシングルソファ、ローテーブルに大型テレビ、テレビボードにL字型のソファまである」

「ひゃ～っ。かーいーっ！」

特に、まだ配布前のフェア景品を見た樹季や武蔵、士郎や充功、七生の笑顔と驚喜ぶりは格別なもので。

これは帰社する前に小分けして、鷹崎部長にも預けたので、今頃きららちゃんも同じように喜んでいるだろうと思うと、いっそう嬉しくなった。

その一方で、双葉と父さんは、隼坂部長が届けてくれた冷凍食品を眺めながら、ひたすら「おお～」「助かるね」と頷き合っている。

まあ、ここはじっくり眺めたら、すぐに交代。

間髪入れずに、今度は冷凍食品に充功たちが歓喜し、ドールハウス家具に父さんたちが感動するってパターンなんだけどね。


ただ、こんな「わーい」「わーい」で、残りの木・金を駆け抜けられるかと思いきや、そうはいかなかった。

話が出たのは、木曜の夜のことだ。

なんでも例の手つなぎゴールの富山さんが、アンケート結果により、ほぼ全員一致で、今後も運動会のやり方に変更なしと通達されたことで、再び園に突入をした。

それも、たまたま保護者の役員会をしているところへ「異議あり」で乗り込んだものだから、ちょっとした騒ぎになったらしい。

その場に役員として参加していた父さんは、特に何も言わなかったんだけど。

これだけ兄弟が多ければ、誰かしらの友人の弟か妹が幼稚園に居て、当然保護者も出入りをしている。

そのため、この話は巡りに巡って双葉、充功、士郎の三人から夕飯後の雑談タイムの話題に上がった。

これには父さんも苦笑いをするばかりだったが、それならそれで「正しい情報」が得られないと、この先もっとこじれかねない。

そうした危惧もあって、父さんは自分が直接立ち会って見聞きしてきた話と、他から伝わってきた話をきちんと照らし合わせる形で、園での出来事を話してくれた。

俺たちは、飲み物を手に、それを聞く。

「――ようは、旦那のモラハラとかパワハラが原因なんだろう？　それで大翔の母さんが変なことを言い出したっていう」

充功に伝わってきた話では、こんな単語が飛び出す状態だった。

俺からしたら、カエル運送の件が落ち着いたばかりだというのに、今週はどうしてもコンプライアンス関係の問題から逃れられないようだ。

「まあ、順番に話すから」

これを聞いた父さんは、ひとまず充功を窘めた。

おそらく、どこかで話がねじれて伝わっているのだろう。

少なくとも、父さんはそう思っているってことだ。

「なんでも、充功たちと一緒に練習をしてからというもの、ご主人の口癖が以前にも増して、絶対に一等を取れよ。それ以外は、ビリも一緒だからな。負け組になるなよ、そんなことになったら、お前のせいだぞ——ってなったらしくて。子供以上に、奥さんのほうがプレッシャーとストレスで、相当追い込まれていたみたいだ。結果、運動会のやり方を変えて欲しいっていう話になったみたいで」

とはいえ、俺は首を傾げた。

（この時点では、充功の言うことも、もっともな気がするんだけど——？）

よそのご家庭ながら、想像以上に根が深いというか闇が深い話だ。

あのとき公園で感じた〝富山さんの主張は、旦那さんが原因なんじゃ？〟っていう俺の思いつきは、嫌な意味で当たっていた。

それこそ富山さんが独自の思想で「手つなぎゴール」を主張しているなら、そこはもう幼稚園の方針なので諦めてほしい。場合によっては、方針に異義がある場合、またどうしても従えないという場合は、転園を検討されてもかまいません——という話になる。

このあたりは、やることはやっていると自負する私立幼稚園の主張は強い。

そうでなければ、園の理想や規律が守れなくなるからだ。

けど、父さんからの説明を聞くと、そもそも富山さんが「手つなぎゴール」にこだわった理由って、自分の信念ではない。

旦那さんの方針や価値観に合わせているわけでもない。

単に、旦那さんから子育てに対する期待や命令に添えなかったときに、すべてお前が悪い、お前のせいだと怒られ、蔑《さげず》まれることへの恐怖から。それを回避したくて、だったら最初から勝敗や一等なんてなければいいって発想になったように思える。

でも、そうだとしたら、仮に今回運動会でかかるストレスを上手く避けたところで、今後も似たような圧迫は、旦那さんからかけ続けられるだろう。

それこそ今だから運動会の話で済んでいるが、大翔くんが成長すれば、それだけ他者と競うシーンは増えていく。

勉強しかり、スポーツしかり、芸術系しかりだ。

――でも、この話には、まだ続きがあるんだよな？

だから父さんは、順を追って――って言ったわけだから。

「え!?　そしたら俺のせい？　大翔に一等になれるぞとか言ったのが、まずかったってこと？」

「充功のせいではないよ。少なくとも、大翔くんは充功や武蔵に誉められて、喜んでいたんだ。それを自分の都合のいいように解釈している大人のことまで気にしていたら、何も言えないし、できなくなる」

俺は、このまま黙って聞くに徹した。

双葉や士郎も、ここは同じだ。

武蔵と七生は、俺たちが込み入った話をするってなったところで、樹季が二階へ連れて行って、寝かしつけてくれている。

さすがに充功は、自分の名前を出されたから、黙ってはいられなかったんだろうけど。

「ただ、あまりにも富山さんが追い込まれている感じだったから、他の保護者たちも大分親身になって声をかけたんだ。その場には、以前蘭《らん》さんから、そうして声をかけてもらって、立ち直れたって人たちが、何人かいたからね」

「それって、母さんのママ友さん？　あ、そうか。武蔵の同級生ママさんには、上の子が樹季や士郎と学年が一緒っていうママさんも多かったもんね」

でも、ここでまさかの母さん登場で、俺は思わず身を乗り出した。

確かに、改めて言われると、旦那さんの実家同居でストレスマックスだったママさんとか、ワンオペで育児ノイローゼ寸前だったママさんとかが、気がつくとうちに何日か子連れで寝泊まりしていたのを覚えてる。

単純な話だけど、「子供の面倒は見ててあげるから、とりあえず寝なさい」っていうのが、母さんの手助けだった。

一人になって買い物をしたり、美容院へ行ったりとかは、もう二の次。

まずはよく寝て、よく食べて、頭が正常になってから、思い切り愚痴ろうか。

先のことを一緒に考えようか——ってやり方だったから。

ただし、いつの間にか増えている子供の面倒を見るのは、俺たちやエリザベスも手伝った。特に、エリザベスの癒やし効果はすごくて、そこはもう、母さんを亡くしたときに、どこの誰より俺たちが感じている。

けど、不思議なもので、そうやって頭と身体をリセットされると、ママさんたちは元気に、前向きになった。

そして、自《みずか》ら解決策を考えて、立ち直ったママさんたちは、みんな母さんのことを慕ってくれていて。今でも俺たちのことを見守ってくれているし、いつでもフォローするからねって言って、連絡先を俺にまでくれている。

母さんが、父さんや俺たちに残してくれた、かけがえのない人の輪だ。

「それは、自分も何かしら、しんどい目に遭った経験者ママさんたちだったから、聞き方も上手かったんだろうな。親身になってくれたのも、見せかけじゃないのがわかる――みたいな」

「うん。こういうのって、聞き方や相性が悪いと、逆効果だしね」

――と、やっぱりここは双葉や士郎も参加しちゃうよね。

充功は頷くだけだけど、母さんの話が出た途端に顔つきが変わる。

こんなときだけど、俺たちの顔には、自然と笑みが浮かぶ。

当然、一番微笑んでいるのは、父さんだ。

「そう。そうしたら、ゆっくりだけど、冷静さを取り戻したのかな？　家庭のことを話してくれてね。そもそも旦那さんが、こんな発言をするようになったのは、ここへ来てからだそうだ。なんというか、人が変わったとしか思えないくらい、モラハラ発言が増えたらしくて」

そうして、ここからが順を追った部分かな？

多分、双葉たちのところへ伝聞のように届いた話の先であり、父さんが居合わせた、その場の雰囲気と実話だ。

「栄転してきたのに？」

「それを言うなら、栄転してきたから、俺様偉いになったんじゃね？」

双葉と充功がそれぞれの考えを口にする。

俺と士郎は、再び聞く姿勢に徹しながら、手にした飲み物で口を塞ぐ。

「それが――。どうも本人にとっては、左遷《させん》や都落《みやこお》ちと変わらないっていう考えみたいだよ。もともと他県から都心の大学へ入って、そのまま都心の企業に就職をした。本人にとっては、それがステータスであり、田舎の両親や親戚の自慢でもあったみたい。だから、出世や栄転がどうより、勤め先や住まいが都下になったことにショックを受けていたみたいで。そこへ、同世代の僻《ひが》みなのかな？　一部の従業員たちから実は左遷だって噂を流されたようで。余計に疑心暗鬼になったみたい」

俺は、立場も何もかも違うのは承知の上で、大翔くんのお父さんと、俺に当たり散らした時の蛙田さんが、なんとなくかぶった。

大翔くんのお父さんに関しては、爽やかな営業マン風な姿しか見ていないけど、そこにけど、同じように食ってかかられたら、年齢が上の男性のほうが迫力がある。

蛙田さんが見せた表情を重ねたら、なんとなくイメージができた感じだ。

それに、普段が爽やかな人が豹変《ひょうへん》するほうが、インパクトも大きいだろうから、富山さんもそりゃ驚くよな。

もしも父さんがそんなことになったら――想像が付かないけど。

それでも我が家の場合は、兄弟が団結すれば、ある程度のことは言い返せる。それができない状況で、一人で抱え込むとなったら、そりゃ富山さんも追い詰められるだろう。

「ただ、それとはまったく逆に、本社から来た。栄転で来た。まだ若いのに、さぞすごい人なんだろうって、盛り上がった部下達もいたらしくて。旦那さんとしては、せめてそちらに自分の立場を示そう、味方に付けようって躍起《やっき》になった結果、こうなったんじゃないかっていうのが、奥さんの見立てだった」

父さんは、富山さんが話しただろうことを、淡々と俺たちに伝えた。

今のところ、自分の意見や考えは、発していない。

「とはいえ、夫婦だからね。気持ちがわかるだけに、最近までは旦那さんを立てて、モチベーションの維持には協力していた。意識して、持ち上げていた。けど、それが悪いほうへ作用してしまったのか、次第にモラハラ発言が増えたり、やけに運動会の勝敗にこだわる話が出てきたりで、とうとう富山さん自身が受け止めきれなくなって、参ってしまったそうだ」

聞いてきた内容に意見を混ぜることがなく、これらすべてが富山さんが吐き出したことで、父さんの主観は入っていない。

けど、だからこそ聞いている俺たちにも、富山さん夫婦の状況がわかりやすい。

「それこそ一度は大翔くんには可哀想だけど、運動会を欠席するってことも考えた。でも、旦那さんとしては、子供を同じ園に通わせている部下たちもいるから、当然自分も参加する。欠席なんてあり得ない。それこそ運動会自体を、いい父、いい夫をアピールする場として張り切っているみたいで」

――と、ここで初めて父さんが苦笑いを浮かべた。

「なんだそれ？」

「運動会にはノリノリで参加する。だが、自分が参加するんだから、絶対に恥はかかせるなってことで、大翔くんには一等以外許さない。なんなら奥さんにも、良妻賢母《りょうさいけんぼ》に徹しろっていうプレッシャーもかけまくっていたとかって、パターンかな？」

充功が食いつき、双葉が呆れ気味に仮説を立てる。

そう。あくまでもこれは双葉の想像だし、解釈だ。

でも、この場にいる俺たちは、みんな同じことを考えただろう。

そしてそれは、富山さんから話を聞いただろう、ママ友さんたちも。

（今にも、ふざけるなって声が聞こえそうだな）

俺は、ため息が漏れそうになる。

が、ここで俺より先に、士郎がため息をついた。

ここまで聞くに徹してきた分、深く長いため息だ。

「――けどさ。それで自分の思い描いた理想の上司、理想の家庭を演出できるって思っているんだとしたら、そもそも大翔くんのお父さんは、リサーチ不足だよね。もしくは妻と子供の言うことに、ちゃんと耳を傾けていないから、園の実情とか、この地域一帯の実情がまるでわかっていない」

「士郎」

「だってさ、寧兄さん。正直言って、身内贔屓を抜きに、客観的に見ても、このあたりの良夫賢父の基準って父さんだよ。ここに越してきて、かれこれ六年。父さんの妻子溺愛に感化されて、実際に自分も恥ずかしがらずにやってみて、それでいっそう円満家庭になったっていうお父さんたちがわらわらいる地域なのに、そんな自分の都合丸出しのお父さんが参加したって、悪目立ちするだけだよ。むしろ、自分だけでなく、家族や部下にも恥をかかせかねない」

相変わらず、着眼点が違う小学五年生だった。

両手で持ったマグには、ホットミルクが入っていて、それを「ふ〜」ってしながら飲んでいる。

なのに、話すことがこれだ。

「ただ、だからといって、頭ごなしにその大翔くんのお父さんだけが悪いって決めつけるのも難しいよね。実際、こっちへ来て人が変わったって言うなら、その変な都落ち意識や、それに拍車をかけただろう同世代からの悪い噂がなければ、いきなりこうはならなかっただろうし。せめて都落ち意識だけなら、リスペクトしてくれる部下達の効果で、修正されたかもしれない」

けど、先日の公園でもそうだったが、この件に関しての士郎は、一貫して淡々とした対応だ。

大翔くんがすでに、武蔵や七生のお友達で、本人自体も素直な子だから、余計に気を遣っているのかな――とは思うけど。

「――あ、ただしこれは、最大限に大翔くんのお父さんをよく見た場合だけどね。そもそもモラハラの素質はあったんだろうし。そこへいろんな要因が重なって開花しちゃったのは、本人のせいだと思うから」

それでも、大翔くんのお父さんに対しては、ここがギリギリかな？

士郎なら、公園で会ったときから、俺と同じ違和感を覚えていただろうし。

なんなら、愛想がよすぎるって、疑ってかかっていたかもしれないから。

「それなら変にフォローしねぇで、なんかギャフンと言わせる方法をひねり出せよ。このままだと、大翔が面倒な親に振り回される。母親の我慢が利かなくなったら、終わるパターンだろうに」

するとここで充功が士郎に噛みついた。

充功からしたら、もどかしいのかな？

もっとこう、スパッと解決できるような、知恵を出して欲しいみたいな顔つきだ。

「まってよ。さすがに、余所様《よそさま》の家庭に首を突っ込んだり、自分が直接何かされたわけでもないのに、下手なことはできないよ。それに、大翔くんのお父さんの場合、こうなっている原因と結果がはっきりしてるんだから、まずは原因を取り除くところから始めて、様子を見てからでも、遅くないでしょう」

「原因を取り除く？」

今度は双葉が身を乗り出した。

けど、これには俺や父さんも「ん？」と顔を見合わせる。

さりげなく、すごいことを聞いた気がしたからだ。

「そう。必ずしも都心住まいと都心勤めが自慢になるわけじゃないとか、ちゃんと自分が栄転してきたって自信を持つとか。そういうコンプレックスを刺激している思い込み的な部分がなくなったときに、どういう態度になるのか。仮に、態度が改まったときに、奥さんがどうするのか――。結局は、その家のことは、その家の人が決めるしかできないでしょう」

「そりゃそうだけど。でも、士郎。そんな個人的なコンプレックスの原因を取り除くなんて、できるのか？　というか、それをお前がやるってことなのか？」

そのまま話し続ける双葉に乗っかり、俺も相づちを打つ。

しかし、当の士郎は、ホットミルクを飲みつつ、

「まさか。そんなの本人以外できないよ。ただ、思い込みの部分がすごくわかりやすいし、そもそも周りの評価に流されやすいんだってことも、はっきりしてるから。それならきっかけひとつで、こういう自分を目指すほうが、部下や妻子に愛されて尊敬されるなって方向に意識が流れてくれたら、これはこれで頑張ってくれるタイプなんじゃないかと思って」

――あ、でもちょっと笑った！

俺は、士郎の口角が上がったことを見逃さない。

「なんか、ややこしいぞ」

「それにきっかけって？」

充功や双葉は、すっかり頭を抱えている。

けど、それもそのはずだ。士郎が言わんとすることはわかるが、それって現実的なんだろうかって、気がするから。

「そこは、意気揚々と参加してくるんだろう運動会に、山ほど転がってるよ。それに、みんなが憧れるような父親、夫、上司っていう三拍子揃ったパパが、滅茶苦茶身近にいるでしょう」

とはいえ、まさかここで眼鏡をクイッとされるとは思わなかった。

それも悪巧みしているときのニヤリ付きだ。

これには俺の心臓がキュッとする。

「え!? それってまさか、富山さんの旦那さんに、めざせ鷹崎部長をたきつけるの？」

「せっかくだから、父さんのいいところや、鷲塚さんや獅子倉さんのいいところも、吸収したいって思ってくれたら。それを言動に表してくれたら、相当家族円満になると思うよ。もちろん、意識誘導するには、鷹崎さんたちみんなの協力が、ちょっとだけ必要になるけどさ」

そりゃそうだろうが――と思うも、俺には二の句が継げなかった。

だって、何をどうやったら、そんな意識誘導ができるんだ？

しかも、鷹崎部長たちみんなの協力って？

（父さん？）

思わず父さんに視線を向けるが、首を振られてしまった。

士郎が何を考えているのかは、士郎本人にしかわからないということだろう。

「――なんにしても、大翔くんのお母さんは、ママ友さんたちのおかげで今は元気そうだから、このまま運動会までは、前向きに頑張ってもらって。あとは当日かな――」

「ええっ。でも、変なことに、鷹崎部長たちを巻き込まないでよ」

薄情なようだが、俺の口からは本音が漏れる。

「どの道、二学期から同じ園の保護者同士だよ。今のままだと、目の敵にされかねないから、それならパパ友として親しくなりたいって思ってもらうほうが面倒にならないよ」

士郎にはさらっと返されてしまう。

（本当かな？　なんか士郎――。これを機に、パパ友グループの一大勢力でも作ろうとしてないか？　あ、それならすでに父さんが作ってる？）

なんにしても、別の意味でドキドキな運動会になってきた。

それでも、話し始めたときの悲壮感がないのは、父さんが笑っているから。

そして富山さんがモンスターから、ひとまず普通の保護者に戻ったんだなと、実感できたからだった。

＊＊＊

（あっという間に、金曜日だ！　早い‼）

水曜日に外回りに出た時点で、俺は山貝さんにお礼の連絡を入れていた。

そして、一〇分程度でもいいので、近いところで空いた時間がないかを訊ねた。

すると、金曜の夕方ならいつでもいいよ——という返事をもらっていたので、俺は五時前くらいに月見山パンさんへ立ち寄らせてもらうことに。

やはり、蛙田さんとのことでフォローをしてもらったお礼と、あれからの経緯は直接伝えたかったからだ。

「そう。なんにしても、誤解が解けて、きちんと謝罪してもらえたなら、何よりだね。鳥獣人物戯画みたいなことにならなくてよかったよ」

俺がぶち切れて、鷹崎部長に「言い過ぎ」を注意されたことまで話すと、山貝さんはそう言って笑ってくれた。

「鳥獣……戯画。本当にそうですよね。すみません。お気遣いをいただきまして、ありがとうございます」

例え話に出された鳥獣人物戯画は、京都の高山寺《こうざんじ》に伝わる国宝の紙本墨画《しほんぼくが》で、ようは絵巻物。特にウサギとカエルで擬人化された巻が有名だから、それに俺と蛙田さんをなぞったんだろう。

この手の芸術には疎《うと》い俺でも、絵をみたら「ああ、これのことか」ってなる。

これの絵をモチーフにしたグッズを見たような気がするし、そもそも小学生の教科書にも載っていたはずの絵巻物だからね。

ただし、俺が記憶していた最終形態は、絵巻の柄の手ぬぐいで作られた布おむつ。

それも、充功のおむつ替えだったと思い出して、内心（あれだあれ！）となった。

ついでに、今ではなかなか思い出せなくなった、充功のぷりんとしたお尻を思い起こせて、顔がにやけた。

当たり前のことだが、充功にだって乳児の頃はあったわけで――。

（それでも充功が一番気合いの入った目つきをしていたよな。同じ母親譲りのカッコよさでも、武蔵は常に穏やかだった。士郎のクールさとは、また違うけど。充功だけはギラギラしていたのは、記憶違いではないはず）

俺は武蔵の乳児頃の姿まで思い起こして、さらに機嫌がよくなった。

「失礼します。カエル運送の蛙田です」

――と、ここで蛙田さんがやってきた。

一瞬、誰かわからなかった。

（あ！　茶髪が黒髪になってる。あと、ピアスも取ってる）

別に、モチベーションアップもあって、おしゃれを楽しむドライバーさんは、けっこう居るのに――とは思ったが。

これはこれで、彼の気持ちの切り替えというか、けじめなんだろう。

もしかしたら、社長の息子だったから、仕方なく手伝いに入ったという視点から、いずれ自分が後を継ぐんだからというものに変わったのかもしれない？

一昨日とは目つきも顔つきも違って、肝《きも》が据わった感じがする。

「ああ、いらっしゃい」

「こんにちは。先日はどうも」

今日、蛙田さんがここへ来たのは、俺と同じ目的――改めて騒ぎを起こしたことへの謝罪と、気にかけてもらったお礼のようだった。

ただ、それとは別に彼の場合、来週から月見山パンさんへの配送内容が従来通りに戻るので、トラックが今の四トン車から十トン車になる。

そうなると、ドライバーが変わるので、その挨拶も兼ねていた。

ようは、まだ中型免許しか取得できていない彼がここに配送で来ていたのは、倉庫が工事中で、納品が二日おきだった短期間限定だったということだ。

――そこに出くわして、八つ当たりを食らった俺って？

ある意味、稀少な確率だ。

けど、蛙田さんからしても、まだまだ仕事に慣れていないところで起こしたミスだったことから、余計に感情が荒立ったのだろう。

社長さんの体調不良、大学を中退したところから考えると、悪いことは数珠《じゅず》つなぎでやってくるの典型だ。

それでも今日は、

「一生忘れない勉強になりました。今の四トンに馴染んだら、大型免許を取ります。そうしたら、またここへ搬送に来ますので。そのときは、よろしくお願いします」

そう言って、笑顔を浮かべていた。

確かにトラブルは起こしてしまったが、そのことで見えたもの、理解できたものがたくさんあったのだろう。

特に父親であり、社長である男の背中のようなもの。

そして、ドライバーという仕事への責任や信念みたいなものが――。

「兎田さんも、本当にすみませんでした」

「こちらこそ。あ、そうだ――」

俺は、ここで思い出したように、新しい名刺を取り出した。

和解したときには、そのままハッピーレストランへ向かったので、改めて渡すことを忘れていたからだ。

「……あのときのものは、さすがにもう持ってないですよね？」

するとと、蛙田さんは最初に渡した名刺のことを聞いてきた。

「ありますが……」

なんとなく処分はできなくて、そのまま名刺ケースに入れたままだった。

ただ、これは奪い返した俺が怒り任せに握りしめたから、そのあとがくっきり残っている。

「そうしたら、そちらをください。今後の戒《いまし》めにしたいので」

「――いいんですか？　あ、では一応綺麗なものと両方で。これはこれで和解の証に」

ある意味、これは俺がぶち切れた証でもある。

戒めにするなら、俺自身だと思うんだけど……。

そんな戸惑いを覚えながらも、俺は二枚の名刺を蛙田さんに渡すことになった。

「ありがとうございます」

けど、彼はどちらの名刺も大事そうに受け取り、自身の懐《ふところ》へしまい込んだ。

「よかった、よかった。どちらも、今後ともよろしくね」

山貝さんも心から安堵してくれたみたいで、側では蜂蜜柚ティーを入れてくれたお姉さんも、こっそり拍手をしてくれた。

「それでは。今日はお時間をありがとうございました」

「ありがとうございました」

そうして俺たちは、月見山パンさんをあとにした。

来週はもう五月だ。大分日が長くなっている。

「次はどこへ行くんです？」

事務所の入ったビルを出たところで、蛙田さんが聞いてくる。

「今日はこれで会社へ戻ります」

「そうしたら、俺。これでもう終わりなんで送りますよ。乗っていってください」

「――え？」

「一応、これまでのお詫びも兼ねて」

かしこまった物言いというか、肩をすぼめた仕草が、悪さを認めたときの充功のようで、俺はちょっと笑ってしまった。

「あ、はい。そうしたら、お言葉に甘えさせてもらいます」

俺は、彼の好意を受けると、その場から一緒に駐車場へ向かった。

そうして月曜にはドカンと切れた場所で、金曜にはトラックの助手席の扉を開かれるという、終わり良ければすべてよしかな？　みたいなことになった。


帰社後――。

そのまま退勤することになった俺は、残業が入ってしまった鷹崎部長の代わりに、きららちゃんを幼稚園へ迎えに行くことにした。

すでに園の先生たちには顔を覚えてもらっているし、鷹崎部長からも連絡がされているので、引き取りもスムーズだ。

「エンジェルちゃん。ただいま～っ」

「みゃん！　みゃーんっ。みゃ～んっ」

二人でマンションへ戻ると、ケージの中に入っていたエンジェルちゃんが、早く出してと言わんばかりに鳴いている。

すぐにでも向こうへ越したいのは、エンジェルちゃんが一番かもしれない。

同居がスタートすれば、いつもおじいちゃんやおばあちゃん、エリザベスやエイトが一緒だから、ケージの中でお留守番もなくなる。

もっとも、過去に一日だけケージから出して――というよりも、鷹崎部長が扉を閉め忘れて――お留守番をしたことがあったらしいが。

そのときのイタズラっぷりが、相当すごかったらしく……。

ものを壊すまでなら仕方がないにしても、エンジェルちゃんが怪我をしたり、誤飲《ごいん》をしたりするのがいっそう不安になったようで。

結果、目が行き届かないときには、ケージの中ということに決まったようだ。

最初は客間一室を猫部屋に――とも思ったらしいが、視界的にはリビングのほうが閉塞《へいそく》感がない。

エンジェルちゃん自身も、ケージから出したときに、一番気に入っているのがリビングな上に、それを考えている間に引っ越しが明確になってきたので、これでいいか――となったようだ。

とはいえ、ケージ自体が大きめだから、小柄なエンジェルちゃんからすると広々とした家だとは思うけどね。

「はいはい。今、開けるから」

「みゃ～っ」

「みゃん！」

それでもケージから出してやると、喜び勇んでキャットタワーに上がっていく。

こういうところは、やっぱり犬とは違う。

鷹崎部長が「あいつは飛ぶんだ」と困っていたことがあったが、確かにこれは飛んでいる。

普段見ているのが、わっさわっさしたエリザベスたちだから、余計にそう思う。

「――さ、お父さんとお母さんにもただいまをしたら、手を洗って、うがいをしようか」

そうしてエンジェルちゃんが落ち着いたところで、俺はきららちゃんに声をかける。

「もう、したよ！　きらら、ご飯支度も手伝う！」

「それは嬉しいな」

きららちゃんのテキパキぶりも、うちとはレベルが違う！

俺がエンジェルちゃんにかまっていたのなんて、ほんの数分もあるかないかだと思うのに、きららちゃんはもう私服に着替えて、エプロンまで着けていた。

（よし！　俺も）

慌てて仏壇に手を合わせて、うがいや手洗い、着替えを済ませる。

(あと三ヶ月も経ったら、毎日がこんな感じなのかな？　いや、きららちゃんのほうが先に園から帰って来るし、食事はおばあちゃんや父さんも一緒だから、俺がするのは、今以上に後片付けだけになるかもな。本当、みんなのママは頼もしいや)

そうしてきららちゃんが、目を輝かせてスタンバイしているキッチンへ入ると、二人で冷蔵庫の中にあるものを次々と取り出した。

明日から振り替え連休を含めて四日間は家にいるから、この際中身は残さず、使い切ってしまおう――という作戦だ。

「カット野菜に豚こま、卵、ウインナー、お漬物《つけもの》。あ、お豆腐に冷凍のコロッケもあるね。あと食パンと牛乳――、これは明日の朝でいいか」

あり合わせで二回分のメニューを決めながら、さっそく作り始める。

今夜は肉野菜炒めとコロッケ。ご飯に豆腐のお味噌汁にお漬物。

明日の朝は、ウインナーとオムレツにパンと牛乳。

(よし！　丁度いい感じだ)

一緒に支度をしていると、きららちゃんが幼稚園での話をしてくれる。

「それでね。響平《きょうへい》くんのお友達が、お城の王子様なの！　今度日本へ来たときに、きららたちも一緒に潜水艦に乗せてくれるんだって。海の中に潜れて、すごいんだって！」

「それは確かに、すごいね」

「でしょう！」

（――夢の話？　浦島太郎《うらしまたろう》の逆転SF版？　カメの代わりに潜水艦で、竜宮城《りゅうぐうじょう》の王子様へ会いに行くって、斬新《ざんしん》だな。それに、同じ園児の夢でも、こんなに発想って違うんだ。武蔵なんか、七生におやつを取られたとか、エイトがエリザベスより大きくなったとか、大概そんな夢なのに。香山さんのところの弟さんって、すごいな）

これはこれで楽しいひとときだ。

けど、どこか物足りない。

騒がしいのに慣れすぎているためか、きららちゃんの話がすごく聞きやすいのに、他に声がかぶってこないところが、妙に――ね。

でも、それはきららちゃんも同じように感じていたみたい。

「早くみんなでご飯支度がしたいな～。きらら、みんなでお手伝いするの、すっごく好き。楽しいから」

やはりみんな一緒、賑やかなのがいいようだ。

俺たちは「そうだね」と言って笑い合う。

「――さ、できた。盛り付けは、鷹崎部長が帰ってからでいいかな？　それとも、先に食べる？」

「きららは平気よ。パパを待ってる！」

「なら、そうしよう」

「みゃん！」

――と、そんな話をしていると、インターホンが鳴った。

エンジェルちゃんの反応が早い。さっと玄関へ走って行く。

それをきららちゃんが追いかけて、俺も火を止めたのを今一度確認してから、コンロから離れる。

「はーい！」

玄関の鍵を開ける前に、きららちゃんにはエンジェルちゃんを抱っこしてもらう。

だが、俺が扉を開くと、そこにはナイトを抱えた鷲塚さんが鷹崎部長と一緒に立っていた。

「パウ！」

「え？　鷲塚さん」

「こんばんは～。今夜からトレーラーハウスに泊まるんだけど、きららちゃんとエンジェルちゃんはどうかな？　と思って。誘いに来たんだ」

「え！　本当!!　今夜から行くの？　やった！　行く行く！」

「みゃん」

俺が驚いている間に、なんだか話が進んでいく。

「あ、でも――。パパは仕事を持って帰ってきていて、寧にはそれを手伝ってもらわないといけないみたいなんだけど――。きららちゃんとエンジェルちゃんだけ、俺やナイトと先に行くのは大丈夫？」

「大丈夫！　きららもエンジェルちゃんも鷲塚さんとすぐに行く！」

「そう。それなら、支度して。忘れ物があっても、明日パパに持ってきてもらえばいいだろうから、ちゃちゃっと！」

「はーいっ!!　エンジェルちゃんだけ忘れなければ、あとは大丈夫～。パパ、ウリエル様、お仕事頑張ってね～！」

とんとんとん――と話が決まり。

きららちゃんは、エンジェルちゃんの首輪にリードを付けると、そのまま鷲塚さんやナイトと一緒に行ってしまった。

パタン――と閉まった扉の中には、俺と鷹崎部長だけが残される。

「――え？　夕飯は？」

「鷲塚のやつ。本当にみえみえな気を遣って」

（あ！　そういうことか）

どうやら鷹崎部長は、こうなることを承知して、鷲塚さんを同行してきたようだ。

というか、「なんならきららちゃんとエンジェルちゃんは自分が――その日は鷹崎部長とデートをしたら？」というのは、確かに俺も鷲塚さんから言われていた。

けど、だからといって、ここまであっさり「お先に～」って、きららちゃんに行かれてしまうことは考えたこともなかったので、なんだかショックだ。

「トレーラーハウスの威力は抜群ですね。ちょっと前のきららちゃんなら、同じ状況でも、鷲塚さんに〝ここで一緒にお泊まりしようよ〟って言ったでしょうに」

「それもあるが、あの調子だと、火曜の時点でもう決めていたんだろう。俺や寧には、よかったら――くらいに言ったんだろうが。きららとは、がっちり計画を立てていたんだろうな。そうでなければ、きららのエプロンのポケットから、エンジェルのリードがさらっと出てくるのは不自然すぎる」

でも、こんなときでも、しっかり見ている鷹崎部長は、やっぱりすごい！

「あ！　そうですよね。確かに！」

俺は、きららちゃんがどこからリードを出したかなんて、まったく見ていなかった。

そう言われたら、確かにエプロンのポケットが膨らんでいた気がするけど、リードを入れていたなんて考えもしなかった。

仮に、何が入っているんだろうと想像したところで、俺にはハンドタオルくらいしか思いつかないしね。

「それより、鷹崎部長。仕事の持ち帰りって、俺でも手伝えることですか？」

「いや、嘘も方便《ほうべん》だ。明日から連休に入るのに、持ち帰りをするくらいなら、ギリギリまで残業してくるさ」

「ですよね」

しかも、言われたことを真に受けて、いっそう恥ずかしくなる俺！

（もう、鷲塚さんってば！）

俺は、父さんや双葉にデートをお膳立てされたって恥ずかしいのに、とうとう鷲塚さんにまで——と思うと、自然と頬が火照った。

そりゃ、境さんや獅子倉部長にも気は遣われてきたけど、鷲塚さんときららちゃんにタッグを組まれる日が来るなんて!!

さすがに家守社長だって、こんな策略に使われるために、トレーラーハウスを設置したわけでもないだろうに――。

「まあ、ここで立っていても仕方がない。せっかく気を遣ってもらったんだ。のんびりさせてもらおう」

それでも先に鷹崎部長が開き直ってくれたので、俺もどうにか気持ちを立て直す。

けど、「はい」って返事をする間もなく、鷹崎部長の手が俺の顎に伸びてきて――。

「明日の朝まで――二人きりで」

クイと顎を引き寄せると、そのまま唇を寄せてきた。

（貴さん）

俺はそのまま目を閉じた。

玄関先だというのに、抵抗もなく、唇を重ねてしまった。

エピローグ

ちょっと慌ただしかったが、貴重なデートタイムをもらったので、そこから軽く飲んで食べようか——となった。

俺は、できあがった野菜炒めとコロッケで晩酌ってどうなのかな？

居酒屋っぽくていいかな？

なんて考えながら、どうせだからウインナーも焼いて、だし巻き卵とかも作ろうか？

って考えていた。

ただ、そんな俺を鷹崎部長は、シャワーに誘ってきた！

（えっ？　えっ!?）

ホテルだとシャワーでも湯船でも抵抗なく入ってしまうが、自宅のバスルームって、逆に特別感がある。

俺もお風呂は寝る前に借りればいいか——くらいに思っていたから、確かにまだだった。

それで、どうせ先にシャワーを浴びるならってことで、一緒に済ませないか？　って言われたんだけど――。

「飲んでからだと、危ないだろう」

「――あ。そうですよね」

考えすぎだった？

（いや、そんなことはない！　このククッって笑ったときは、ちょっとＳ《エス》が入っているときの貴さんだ。絶対にお風呂でエッチなことをしてくる！）

この時点で、俺の頬は再び真っ赤だろう。

勝手な妄想で頬どころか、身体中が火照っているのがわかる。

それなのに、脱衣所まで来たところで、またククッて笑われた。

「なんの想像をしているんだ」

――やっぱり意地悪モードに入っている？

というよりも、これはこれで独身モードみたいな感じ？

きららちゃんのパパでいるときには、こんな顔はしないから。

今では、俺の前でだけのはずだから――。

「貴さんと同じです」

「それは奇遇だな」

でも、きっと俺も、鷹崎部長の前では、家族にも見せたことのない顔をしているはずだ。

それこそ、恥ずかしいのに、欲しそうな。

でも、結局は今すぐにでも抱きしめて、俺だけの貴さんを見せてって言うような、そういう自分でもよくわからない——甘えた顔を。

「寧——」

そうして鷹崎部長は、応えてくれる。

俺を脱衣所の壁に押すと、唇を下ろして、頬を撫でて——肩や胸元に触れてくる。

「……んっ」

（貴さん——大好き）

俺は、自分からも両手を首に回して、唇を押しつけていく。

どちらからともなく開いた唇、歯列から濡れた舌を絡めて、深く——互いを求めながら、衣類に手をかける。

特別に広くもない脱衣所だからこそ、言葉もなく、相手の衣類を剥ぐことに懸命になってしまう。

（貴さんの身体も……熱い）

「——綺麗だ、寧」

互いに衣類を落とすと、俺たちはこみ上げてくる欲情に急き立てられるように、シャワーを浴びた。

「んっ……っ」

シトラスの香りがするボディソープで、先に互いの背中を洗って——。

けど、前もってなったら、洗うと言うよりは、肌を重ね合う感じになってしまって。

いつしか膨らんだ欲望が触れ合い、ぶつかり合うと、そこから先は愛欲《あいよく》に流されるまま互いを貪《むさぼ》った。

(……貴さん)

鷹崎部長は、大きな掌で俺自身を包むと、すぐにでも俺を絶頂へ向かわせようとした。

そうでなくても、ソープで滑りのよくなった身体は、より敏感になっている気がするのに。

俺は、根元から亀頭をしごかれて、恥ずかしいあえぎ声を幾度も漏らす。

「あっ……っ」

バスルームで反響する声が、いつにも増して艶めかしい。

自分の声じゃないみたいだ。

「んっ、んんっ！」

変に刺激を受けて、キュッと握り込まれて、俺は呆気なくいった。

まるで、絞り出されるようにして、鷹崎部長の手中に射精する。

白濁《はくだく》が泡に混じって、太股を伝って……。

けど、俺が下腹部で感じる鷹崎部長自身は、まだ熱く、堅いままだ。

いったばかりの俺を尚も煽り、欲望をかき立てる。

「早く……。貴さんも……。俺で、いってください」

「このままでも平気か？」

そんなことを言っても、鷹崎部長の利き手は、すでに俺の臀部へ回っている。

双丘を狭間を指でなぞり、彼を待ってヒクヒクと収縮する窄《すぼ》みをいたずらに弄《いじ》る。

「焦らしてますか？　疼いてるの……わかってるくせに」

「少しだけな」

そう言って笑う鷹崎部長は、彼が持つ表情の中でも、一、二を争うカッコよさがある。

だから「ずるい」と言いたくなるのだが、こればかりはどうしようもない。

「焦れて、せがむ寧が、好きなんだ。求められていることが、何より嬉しい。安心できる」

それに、俺の中で、この顔と争えるのは上司に徹して、感情をいっさい見せないようなときのクールなものだ。

きららちゃんやちびっ子たちに向ける笑顔は確かに素敵だけど、一個人の俺を夢中にさせるのは、やっぱり素に戻った男の顔をした鷹崎貴であり、仕事に徹したときの鷹崎部長なんだ。

「そんなことを言って、本当は俺を乱したいだけでしょう」

好きになればなるほど、実感する。

嘘がつけない。

でも、そんな風に思ってしまうところまで含めて、俺は幸せだと思う。

満たされていると思う。

「それもある」

俺は、自分からも軽く右足を上げると、言葉ではなく身体で鷹崎部長に早く来てと催促をした。

「それしか、ないくせに」

すぐにでも入れて、一つになって――。

そんな気持ちが伝わるように、鷹崎部長自身を自分の中へ誘い込んだ。

「――確かにな」

鷹崎部長は、俺が上げた足を抱え込むようにして、猛る自身で俺の窄みを探り込んだ。そして、先端で窄みを捕らえると、俺の背を壁に預けるようにして、一気に奥へ入り込んでくる。

――熱い。身体の中からやけどしそうだ。

「んんっ！」

散々シャワーを使ったあとの一室に、いっそう甘く、悦《よろこ》ぶ、俺の声が籠《こ》もる。

「寧……。寧」

そしてそれは鷹崎部長から漏れる俺の名と混じり、また二人の身体を繋ぐ密着の音とも混じって、淫靡《いんび》さを増した。

（なんかもう、ぐちゃぐちゃ――）

そんな乱れた声や音は、鷹崎部長が達するまで続いた。

俺は自分の体内で彼の絶頂を感じるまで、たくましい肩にしがみついていた。


バスルームをあとにすると、俺たちはリビングテーブルにおかずを移動し、ビールで乾杯をした。

（美味しい）

普段なら「やっぱり苦い」が先に来るが、今夜はこれ以上ないくらい心身共に火照っていたためか、冷えたそれがとても美味しく感じた。

こんなこともあるんだと思うほどだ。

「――そんなに飲んで、酔っ払うなよ」

ソファの前に腰を下ろした俺たちは、隣り合って座っていた。

そのため、鷹崎部長の手は常に俺のどこかに触れており、俺の手もまたずっと彼の膝の上に置かれている。

こんなにイチャイチャしていていいんだろうか？

「大丈夫です。今夜は充功か七生の話からしますので」

「そうか。すでに、けっこう回ってるな。頬も赤いし……」

ちょっとした会話の間にも、鷹崎部長の唇が、俺の額《ひたい》やこめかみに。

そして、頬に触れる。

（貴……さんっ）

そんな時間を過ごしていると、お酒の後押しもあり、俺たちはまたその気になってしまった。

すでにパジャマも着て、あとは寝るだけなのに。

「こうなったら、話し始める前に、ベッドへ行くか」

「え〜っ。聞いてくれないんですか？」

「俺への告白ならいくらでも」

鷹崎部長は、俺の身体を横抱きすると、自室へ運んでくれた。

そっとベッドへ下ろして、改めてキスをしてくれる。

（もう！　貴さん。大好き!!）

けど、こんなときに限って、鷹崎部長のスマートフォンが鳴った。

すでに二十二時は回っているはずだ。

こんな時間に、きららちゃんがかけてくるとは思えないし、もしかして獅子倉部長かな？

電話イコール急ぎだろうと判断してか、鷹崎部長は俺に「ごめん」と言ってから、リビングへ戻った。

テーブルに置きっぱなしのそれを取ったのが、音でわかる。

俺はベッドの上で上掛けをたぐり寄せながら、耳を澄ませた。

（――ん!?　もしかして、この電話って）

聞こえてくるのは鷹崎部長の声だけだった。

しかし、その口調というか、会話の端々から、俺は電話の相手がきららちゃんでも獅子倉部長でもないことを確信した。

「むっ」

唇を尖らせると、身体を起こして、ベッドの上へ座り込む。

じっと半開きの扉を見ていると、通話を終えた鷹崎部長が戻ってきた。

「――工場長だった。今度は向こうでセッティングをするから、カエル運送との合同飲み会はどうだって。丁度よかったな。確か、トラックで送ってもらったときに、そんな話をしてたんだろう？」

やっぱり電話の相手は工場長だった。

俺の唇はますます尖り、頬も膨れていく。

多分、七生の膨《ふく》れっ面《つら》みたいになってるはずだ。

けど、なんだかムカムカが止まらない。

「どうした？」

「いえ。いきなり工場長が距離を縮めてきたなと思って」

「――ん？」

「鷹崎部長と工場長の関係がよくなるのは、会社にとっていいことだと思います。けど、親しくなった途端に、電話や誘いが増えるのって、どうなのかなと思って」

俺は、ベッドに腰をかけてきた鷹崎部長相手に、愚痴をこぼした。

「――？」

「だって、工場長は横山課長や野原係長と違って、きららちゃんのことを気にしてくれないからっ。俺としては、昨日今日連絡先をゲットしたくらいで、簡単に鷹崎部長を誘って欲しくないなって」

ちょっと顔をしかめられたけど、気にしない。

だって、今を逃したら、あのときの俺の気持ちを言うチャンスは、一生巡ってこない気がしたんだ！

「それに、カエルさんのときだって、いきなり俺と鷹崎の仲だし――みたいな態度で、俺に全部我慢しろって言ってきて。俺、婚約者なのに！　正直言って、滅茶苦茶根に持ってますから！」

俺は、上掛けを抱きしめながら、思い切りムッとして見せた。

さすがに鷹崎部長の顔つきが変わる。

「……寧？　兎田？」

大丈夫か？　何を言ってるんだ？　って、顔を覗き込んでくる。

こんなに俺が悔しい思いをしてるのに――!!

「でも、鷹崎部長は、工場長と仲良くなれて嬉しそう。これから飲みに誘われたら、バンバン行っちゃいそう。ひどい！」

俺は、なんだか無性に悲しくなってきた。

上掛けを抱きしめたまま、ベッドへ突っ伏し、なんなら鷹崎部長に背を向ける。

「――いや、待て。どうしたら、工場長相手に、可笑《おか》しな焼きもちをやくんだ？　さすがに、斜め上過ぎだろう？」

「焼きますよ！　忘れたんですか？　俺は父さん相手にだって、焼きもちを焼くくらい、嫉妬深いんですよ。工場長どころか、虎谷専務にだって、本当は焼きまくりです。なんなら、愛車のハンドルにだって焼きます。だって、ずっと両手で握られてるんですよ！　会社のデスクも可愛がられて――ぷんっ！」

そうして、ここぞとばかりに、日頃からの鬱憤《うっぷん》を吐き出した。

けど、言ったらなんか、スッとした。

急に眠気が襲ってくる。

「……寧？」

「ぐーっ」

そうして俺は、一人で丸まって、気持ちよく眠りについた。

ちなみに、工場長の電話で俺が豹変したらしいことは、翌日帰宅する途中の車内で聞くことになる。

鷹崎部長がハンドルを握った途端に大笑いしてしまって、いきなりどうしたかと思い、訳を聞いたら、理由がこれだったからだ。

「また、新手の癖が出てきたよな。境じゃないが、これなら終わりのない双葉くんの話のほうが、外飲みでは安全そうだ」

当然、鷹崎部長は家に着くまで、クスクス、クスクス、笑い続けていた。

「言わないでください！　ごめんなさい!!」

俺は真っ赤になった顔を両手で押さえながら、幾度となく謝り続けた。

＊＊＊

俺たちが帰宅したのは、土曜の昼前だった。

車で通り過ぎた鷲塚さん家の敷地には、思っていたより高いフェンスが施工されている。

多分、レンガ張りがされたおしゃれな土台にウッドフェンスを合わせて一七〇センチくらいかな?

ようは、鷹崎部長や鷲塚さんほどの身長があっても、楽々と中が見える高さではない。

かといって、ウッドフェンス自体には適度な隙間があるから、そこまで圧迫感もない。

ただ、しばらくは軽トラックが出入りすることを前提にしているからか、敷地への出入り用にはカーゲートが付けられていた。

そして、三軒を仕切る庭側のほうには、フェンスのT字部分が取り外されて、簡単に行き来ができるように改造されている。

それも、たとえゲートが空いていても、トレーラーハウスが置かれているので、道路からは見えない。

最終的には、トレーラーハウスを撤去しても、ログキットハウスが代わりに建つし。

これから庭木なども増やしていくし、やっぱり何かしらの目隠しがされるので、うちと隣家が日々行き来をしても、外からはわからないようにされるらしい。

また、エリザベスたちを庭へ出すときには、一軒、二軒、三軒と、そのときの都合によって、放てる敷地の広さが調整できるような扉というよりは、仕切りがこのT字部分に付けられている。

だから、たとえ空から写真を撮られても、ちゃんと個別の家に見えるらしい。

家守社長の秘密主義に徹したこだわりがすごい！

本当に、犬にも人にもよく考えられた作りになっている。

「すごい！」

「本当にな」

俺も鷹崎部長、終始この一言に尽きてしまう。

「あ！　寧くんたち帰ってきた!!」

「パパ。ウリエル様。お帰りなさ〜い！」

「ひとちゃん！　これから父ちゃんが床屋さんするって！」

「ひっちゃ！　なっちゃの切って〜」

そうして鷲塚家を眺めてから自宅へ戻ると、ちびっ子たちがウッドデッキから声をかけてきた。

見ればウッドデッキにブルーシートが敷かれて、カウンターチェアが用意されている。

どうやら父さんが弟たちの髪をカットするようだ。

普段は空いた時間にささっと一人ずつ済ませているらしいので、最近はカットしているところは見ていなかった。

だいたい平日の夕方とかに済ませてるんだと思うし、俺と双葉と充功はさすがにもう美容院へ行く。父さんもそれは同じだ。

「すごいな、兎田さんは。もしかして、寧もカットとかできるのか？」

「そうですね。ここ一年くらいはやっていませんけど、それなりには」

鷹崎部長は感心してくれたけど、七人兄弟ともなると月の床屋さん代も馬鹿にならない。

あとは、母さんが銀座に勤めていたときには、父さんが着付けや髪結いを覚えて、これもまた経費節約をしていたので、そういった流れで俺が生まれたときからは、父さんがカットしていたらしい。

けど、基本的なカットを教えてくれたのは、父さんの知り合いで、それも世界チャンピオンのタイトルを持っているカリスマ美容師さんとあって、知らない人は家でカットしているとは思わないようだ。

そこはひとえに父さんが器用だからだろうけど――。

俺も士郎の髪を切るようになった頃には、一応教えてもらったので、それなりにはいける！

「でも、今日は空も青くて、風もないし、絶好の床屋さん日和《びより》ですね」

俺は、早速準備を始めた。

「そうしたら、先に七生の髪を切ってあげて」

「はーい」

父さんはキッチンにいて、双葉と充功は不在のようだ。

図書館にダンスのレッスンかな？

（士郎は？　あ、鷲塚さんも見えないから、エリザベスたちの散歩かな？）

そうして俺は、私服に着替えて、エプロンを掛けると、ポケットにヘアカット用のすきバサミやコームを入れてウッドデッキへ向かった。

カウンターチェアには、すでにヘアカットエプロンを巻いた七生が、ちょこんと座って待っている。俺がカットするのは久しぶりだからか、満面の笑みで楽しそうだ。

（よし！　可愛くするぞ）

鷹崎部長やきららちゃん、樹季や武蔵も、興味津々といった顔で見ている。

「そうしたら、七生。動いちゃ駄目だからね」

「あーいっ」

俺が七生の後ろに立つと、樹季がすかさず水の入ったスプレーを手渡してくれる。

アシスタント役もバッチリだ。

俺は、七生の髪を湿らせると、全体的に伸びた一センチ分くらいをカットしていく。

まだまだ柔らかくって、赤ちゃんみたいな髪質なのがよくわかる。

（さてと。あとは前髪を――）

思った以上に手慣れて見えたのか、鷹崎部長が終始感心してくれる。

なんだかこれだけで嬉しい。

けど、急に隣家から「エリザベス！　逃げるな!!」という、士郎の声が聞こえてきたのは、このときだった。

「バウンっ！」

「こら！　エリザベス!!　どうして注射だってわかるんだよ！　逃げないの！　エイトやナイトに笑われちゃうよ！」

「アウ～ンっ」

早速、できたばかりの出入り口から、エリザベスが逃げ込んでくる。

しかし、こちらには樹季や武蔵が構えている。

あとから士郎だけでなく、鷲塚さんやエイト、ナイトまで追いかけてきたものだから、もはや逃げ場はない。

エリザベスは呆気なく捕まってしまった。

（注射？　あ、そうか。狂犬病の予防注射を受けに行くのか。まあ、これぱかりは、注射

が嫌いでも、仕方がな……っ!!）

ただ、いきなりのことに驚きつつも、俺は「のどかだな～」なんて笑っていたら、七生の前髪をバッサリ切ってしまっていた。

「えったん、えーんえーんかな？」

クスクスしながら振り返り、俺を見上げてきた七生がオンザ眉毛《まゆげ》になってしまった。

――どうしようっっっ!!

「そ、そうかもね。あとでいっぱい遊んで、ササミもあげようね」

「あいちゃ！」

みんなはブルブル震えるエリザベスに夢中で、俺たちのほうを見ていなかった。

そして、当然七生もこんなことになっているとは知らず、屈託《くったく》のない笑顔を向けてくる。

「あ～。やっちゃったね」

すると、様子を見に来ただろう父さんが、俺の背後に立って、ぼそりと言った。

これだけで、俺の背中には冷や汗が伝った。

内心では、ひたすら「七生、ごめん！」を連呼しつつ、このあとは父さんに全力でフォローのカットを頼むことになった。

あとがき

こんにちは、日向《ひゅうが》です。このたびは「上司と婚約Ｔｒｙ《トライ》」をお手にとっていただきまして、誠にありがとうございます。「夢を現実にする」をコンセプトにしたＴｒｙ編のスタートとなりました。夏休みには鷹崎《たかさき》きららのお引っ越し、充功《みつぐ》のミュージカル、〝97企画〟の新シリーズ発売、ドールハウス完成などを目指して、ここからお話が進んでいきます。

もはやゴールを示した話で、どう楽しんでいただくかというのが、過去最大の難しさになるかと思います。が、今後もキャラクター一同と力を合わせて達成できれば！　と。

まだまだ挿絵《さしえ》のみずかね先生、担当様、本書に関わってくださるすべての方にお世話になることと思います。何より、ここまで読んでくださった皆様の支えなくては進めません。どうか応援をしていただけますように、お願い申し上げます！

それではまた大家族で、ときには他の作品で、お会いできることを祈りつつ――。

日向唯稀

セシル文庫をお買い上げいただき、ありがとうございます。
この本を読んでのご意見・ご感想・ファンレターをお待ちしております。

☆あて先☆
〒154-0002　東京都世田谷区下馬6-15-4
コスミック出版　セシル編集部
「日向唯稀先生」「みずかねりょう先生」または「感想」「お問い合わせ」係
→EメールでもOK！　cecil@cosmicpub.jp

セシル文庫

上司《じょうし》と婚約《こんやく》 Try《トライ》 ～男系大家族物語《だんけいだいかぞくものがたり》22～

2023年1月1日　初版発行

【著者】　日向唯稀《ひゅうがゆき》
【発行人】　相澤　晃
【発行】　株式会社コスミック出版
〒154-0002　東京都世田谷区下馬 6-15-4
【お問い合わせ】　- 営業部 -　TEL 03(5432)7084　FAX 03(5432)7088
- 編集部 -　TEL 03(5432)7086　FAX 03(5432)7090
【ホームページ】　http://www.cosmicpub.com/
【振替口座】　00110-8-611382
【印刷／製本】　中央精版印刷株式会社

乱丁・落丁本は、小社へ直接お送り下さい。郵送料小社負担にてお取り替え致します。
定価はカバーに表示してあります。

ISBN978-4-7747-6442-9 C0193

セシル文庫